读客彩条外国文学文库

熊猫君激发个人成长

JOSÉ SARAMAGO

OBJECTO QUASE

物托邦

[葡] 若泽·萨拉马戈　著

游雨频　译

北京日报出版社

图书在版编目（CIP）数据

物托邦 /（葡）若泽·萨拉马戈著；游雨频译 . --
北京：北京日报出版社，2024.7
ISBN 978-7-5477-4692-9

Ⅰ.①物… Ⅱ.①若… ②游… Ⅲ.①短篇小说－小
说集－葡萄牙－现代 Ⅳ.① I552.45

中国国家版本馆 CIP 数据核字 (2023) 第 182962 号

物托邦

作　　者：〔葡〕若泽·萨拉马戈
译　　者：游雨频
责任编辑：曲　申
特约编辑：张靖雯　　张敏倩
封面设计：江冉滢　　陈艳丽
出版发行：北京日报出版社
地　　址：北京市东城区东单三条8-16号东方广场东配楼四层
邮　　编：100005
电　　话：发行部：（010）65255876
　　　　　总编室：（010）65252135
印　　刷：河北中科印刷科技发展有限公司
经　　销：各地新华书店
版　　次：2024年7月第1版
　　　　　2024年7月第1次印刷
开　　本：880毫米×1230毫米　1/32
印　　张：5.25
字　　数：98千字
定　　价：59.90元

既然人的性格是由环境造成的，

那就必须使环境成为合乎人性的环境。

——马克思、恩格斯

《神圣家族，或对批判的批判所做的批判》[1]

---

1 中共中央马克思恩格斯列宁斯大林著作编译局译，人民出版社出版，1958年
7月。——译者注（如无特殊说明，本书注释均为译者注）

目录

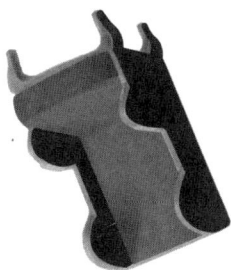

椅
子

Cadeira

　　椅子开始倒下，翻倒，或者倾倒，但要严谨措辞的话，就不能说椅子倒塌。因为"倒塌"这个词在葡萄牙语中的字面意思是边缘掉落——可没人会说一把椅子有什么边缘，就算扶手勉强算是椅子的边缘，那也只会说椅子的扶手要掉了，而不会说椅子要塌了。不过转念一想，不是也有"天塌了"的说法吗？我差点儿就掉进了自己的逻辑圈套：既然没有边缘的天空可以倒塌，为什么没有边缘的椅子就不能倒塌呢？哪怕这只是一种诗意的自由表达？又哪怕只是为了彰显个性而刻意为之？好了，请暂且接受椅子倒塌这个说法吧，当然最好还是只说椅子倒下，翻倒，或者倾倒。一同倒塌（对，也用这个词）的还有那个坐在这把椅子上的人，准确来讲这人不再坐着，而是正在倒下——彰显个性就得像这样，依靠词语的千变万化，毕竟，就算企图使用不同的词语表达相同的意思，它们的意思也从来不会相同。假如词语的意思都是相同的，假如词语都能根据相同词源归类，那么生活就会简单得多，只需缩略缩略再缩略，直到变为拟声词；如果拟声词还不够简单，那便继续缩略，可能要一直缩略成沉默才行，这种沉默我们可称之为普适性同义词或者全能词。这个词连拟声词都算不上，或者应该说这个词无法由音节构成（最纯粹的声音是没有音节的，因此人的嗓子发不出来，也许只在唱歌时可以吧，即便如此也得凑近了去听），自然也就无法从那个翻倒者或倾倒者[1]（可惜他并非坠落的星辰，并不会使愿望成真）的嗓子里发出来。这一对词源高雅、韵脚动听的词语，现在却被搬来指代那个倒塌的人，只是因为在葡萄牙语中不存在"倒塌者"这个词——假使在动词"倒塌"之后也可以加上词缀"者"，那这里就没必要另寻词语，文章逻辑就可畅通无阻。由此可证，世界并不完美。

其实这把正在倒下的椅子原本已经可以称得上完美。然而，时代在变，想法与标准也在变，原来完美的东西不再被视作完美，其原因不以人的想法为转移，却恰恰由于时代的变化而成为原因。或者应该说，变的是时代，不变的是时间。无须说明这段时间有多长，也同样无须详细描述抑或简单介绍这把椅子的样

---

1 原文此处使用的葡语单词是"tombante"和"cadente"，在这里作名词使用，原本分别在法语和葡语中作为形容词与"星星"连用，意为"流星"。

式，鉴定一下就会发现它的风格肯定属于一个庞大的家具家族；同时，作为一把椅子，它本质上又属于一个小小的子系或旁支，在大小或功用上远远不及它那些坚硬牢固的长辈，譬如桌子、餐柜、衣柜、银器或瓷器的陈列柜，又或是床，从这些家具上面摔下来自然要困难许多，或者应该说根本不可能，因为下床时不可能摔断腿，上床时也不可能滑倒在地毯上（就算滑倒在地毯上也很难摔断腿）。我们也不认为有必要说明这么小的一件家具是什么木头做的，它的名字似乎就已经暗示它注定要倒下[1]，除非"cadere"这个拉丁语动词本身就是某种语言陷阱——如果"cadere"确实是拉丁语的话，因为看着就应该是。椅子可以用任何树木做成，但松木不行，这种树木在制造远征印度的帆船时被证明质量不佳，如今早就平平无奇了；樱桃木也不行，太容易变形；无花果木则太容易劈裂，尤其是在炎热的天气里无花果沿着树枝高高挂起时。这些木材不行是因为自身的缺陷，还有一些木材不行却是因为某些过于优良的品质，比如钢铁木[2]，虽然蛀虫无法侵蚀，但是同等体积下它太过沉重。另一个不堪此用的是乌木，因为它只是钢铁木的另一个名称而已，此前我们就已体会

1　椅子的葡语是"cadeira"，与意为"倒下"的拉丁语动词"cadere"词形相似。
2　葡语中乌木的别称，这里译为"钢铁木"，以与中文原有的"铁木"区分。

到了使用同义词或者是所谓同义词的不便之处。植物学上那些与同义词无关的细枝末节不值得探讨，应当关注的是不同的人给同一事物起了两个不同的名称。钢铁木这个名字肯定是那些不得不天天扛着它的人传开的，或者说是掂量出来的。放心去打这个赌吧，准赢。

如果椅子是乌木做的，我们也许应该指控这把正在倒下的椅子过于完美，之所以说是指控，是因为如此一来椅子便不会倒下了，或者很久之后才会倒下，比方说一个世纪以后，那时它的倒下对我们而言就无关痛痒了。或许这个位置上还会有另一把椅子倒下，并导致相同的摔倒和相同的结果，但那样的话便是另一个故事了，不是这里的这个故事（因为这个故事正在发生），而是一个将来可能会发生的故事。确定性当然要好得多，尤其是在对缥缈不定的事物怀有无限憧憬的时候。

然而，我们不得不承认这把独一无二的、正在倒下的椅子确实蕴含着某种完美。它不是为了那具从很多年以前就坐在上面的身体而定制的，而是因其样式被选中，因为它与附近或远处的其他家具恰巧配套，或者说不会有不和谐的感觉；也因为它不是松木、樱桃木或无花果木做的（个中原因如前所述），而是使用了一种常用于打造品质上乘、经久耐用的家具的木材，譬如桃花心木。这样一个假设（尽管这只是个随意的假设）可以使我们无须进一步查明究竟是用哪种木头切削、塑型、修整、胶合、组装、固定、烘干出了这把正在倒下的椅子。那就假定是桃花心木吧，不必在此处多费口舌了。不过再多说一句也无妨，那就是只要好好地坐在这把椅子上，且如果椅子由桃花心木制成，还安了扶手，那么用手掌抚摩那抛光后坚实而神秘的木质肌理一定非常愉悦；如果扶手是弯曲的，那么它那与肩膀、膝弯和髋骨契合的线条也一定非常舒服。

不幸的是，（譬如）桃花心木并不具备前述乌木或钢铁木那样防止蛀虫侵蚀的能力。各国人民和伐木工人的亲身经历均可佐证，不过我们中的任何一个，只要有足够的科学精神，都可以用牙咬一咬这些木材，从而对其材质区别加以论证。一颗正常的犬齿，哪怕不足以在"空中飞人"咬着绳索表演杂技时派上用场，也能在桃花心木上咬出一个完美清晰的印记，在乌木上就咬不出来。综上所述，我们便可由此评估蛀虫侵蚀的困难程度。

警方不会就此展开任何调查，即便此时可能正是最恰当的时机——椅子仅仅倾斜了两度，因为说实话，重心若突然偏移，就无可救药了，因为根本来不及条件反射以及施加可以完成该反射动作的力量来予以补救；重申一遍，此时此刻就应当下达命令，一道严厉的命令,从这千钧一发之际就开始追根究底,倒不至于要追溯到那棵树(也许应该说那些树,因为没法保证椅子的各个部分都来自同一棵树),而是要追溯到售货员,到批发商,到锯木厂,到搬运工,再到从远方运来被砍去树根和树枝的光溜溜树干的航运公司。一直追溯到能够找出最初的那条蛀虫,明确责任归属的地步为止。其实受害者的声音肯定已经在喉咙里呼之欲出了,只是无法发出这个命令。声音在犹豫,还没有意识到自己在惊呼和尖叫之间摇摆不定——二者都是当下最紧要的事情。因此,罪行肯定无法遭到惩罚了,因为受害者噤声无言,也因为调查人员草率敷衍——要等到椅子彻底倒下,等到这场眼下尚不足以致命的跌倒彻底完成时,调查人员才会例行公事,去瞅瞅椅子腿是否曾被歹毒或蓄意地破坏。像这种检查,无论是谁来做都会感到丢脸:胳肢窝里夹着手枪,手里拿着一根被虫蛀过的木头桩子,哪怕用不怎么厚实的手指甲一抠都会掉渣,这难道还不够丢脸吗?然后,要在不发火的情况下,把断掉腿的椅子踢到一旁,任凭没用了的椅子腿(也)倒在地上,现在它已经派上用场了,它的用处就在于断掉。

这件事发生在某处——如果大家不介意,我便继续赘述了。这件事发生在某处:某只鞘翅目昆虫,不知是天牛科还是窃蠹科或是其他科属（尚未进行过专业鉴定），从椅子的这个部位或那个部位钻了进去，然后从那里出发，啃咬、吞噬、排泄，沿着最柔软的木纹开辟出一条条隧道，直至到达最理想的断裂点，也不知其间经过了多少年，不过考虑到鞘翅目昆虫的短暂寿命，可以审慎断言的是，在那荣耀之日到来以前，它的子孙世代必然长年累月地以这块桃花心木为食，多么高贵的种族，多么英勇的国度[1]啊！让我们稍稍回顾一下这项需要付出极大耐心的工程——这无异于建造一座新的胡夫金字塔（且不论它被翻译成"胡夫"是否恰当），便会发现在那些鞘翅目昆虫埋头苦干时，外面看不出任何动静，昆虫们却在里面开凿多条隧道，最终通往同一间墓室。法老们并非一定要埋葬在石头山里面，那里神秘幽黑，四周的甬道一开始便通向深渊与毁灭，往后也只会留有尸骨和还未被啃噬殆尽的血肉；而那些残骸的主人正是考古学家，他们轻率莽撞，质疑一切，对所谓诅咒嗤之以鼻，在不同的时空有着不同的名字——在金字塔里称作古埃及学家，在这里则应该称作卢西塔尼亚[2]学家或葡萄牙学家。若要论起建造胡夫金字塔的地方与这个即

---

1 此句化用葡萄牙国歌中的"高贵的人民，英勇与永恒的国度"。
2 卢西塔尼亚是古罗马人对伊比利亚半岛（今葡萄牙大部分和西班牙的一部分）的称呼。

将或已经安葬法老的地方之间的差异，我们不妨援引这则物语，然后说出祖先那句明智而审慎的哲言：挂的是草秆，卖的是名酒。因此，我们无须惊讶于这座被称为椅子的金字塔会一再拒绝长眠地下的归宿，而将这整个倒下的过程化作一场不断倒流回起点的告别，并非因为它真有如此不堪承受缺席之苦（毕竟那遥远之地终是万物的归宿），而是为了可以将告别的含义融会贯通，演绎得十全十美，因为众所周知，告别总是过于匆匆，实在配不上"告别"这个词的重量。在那些告别中，既无时机也无余裕让悲伤百般凝练为最纯粹的痛苦，七嘴八舌，手忙脚乱，眼底噙了泪，却来不及流，脸上本该现出深切的悲伤，或者古人常说的离愁，最后却只摆出一个显然糟糕透顶的怪相。如果椅子是这样倒下的，那么它的倒下无疑已成定局，但我们想知道的是它什么时候会倒下；注视这场无法阻止也无人会去阻止，如今显然已经无可挽回的倒下时，我们可以使它像瓜迪亚纳河一样倒翻，并非源于恐惧[1]，而是出于喜悦，一种升上天堂般的喜悦，这无疑是它应得的。如果可能的话，让我们学习阿维拉的圣特蕾莎和她的教典

1　此句化用葡萄牙诗人卡蒙斯所著《卢西塔尼亚人之歌》第4章第28节中的诗句："瓜迪亚纳河倒翻起恐惧之浪"，描写的是葡萄牙建国前取得决定性胜利的一场战役，即阿尔茹巴罗塔战役。

吧，这样便能认识到这种喜悦就是那凌驾凡间、福泽正义之魂的快乐。看着椅子倒下时，我们不可能接收不到这份福泽，因为我们这些观众没有去阻止椅子倒下。我们什么都没做，也什么都不会做。我们在一起看着椅子倒下。如此一来，恰恰证实了灵魂的存在，因为要是没有灵魂的话，我们就不可能做出这样的反应。那么且先把椅子扶正，让它重新开始倒下，同时回归正题。

看，它就是窃蠹虫（最终为它选定的就是这个名字，多少沾了些书卷气），这个出现在草原地平线上的复仇者，骑着那匹名为"雪颜"[1]的骏马，不疾不徐地行至眼前，给足时间展示片头的制片信息，好让大家知道这部片到底是谁导演的，以防我们都没看到电影院门厅张贴的海报。看，它就是窃蠹虫，现在切成了特写镜头，这张鞘翅目昆虫的头脸如今也在被狂风与烈日啃噬，而且我们都知道，这样的狂风与烈日会将此时此刻断裂的椅子腿里纵横的隧道摧毁殆尽，也正因如此，这把椅子正要第三次倒下。先前我们已经对窃蠹虫作出了遗传学和生殖学意义上的平淡无奇的描述，而现在要讲一讲它在复仇大业上的众多先辈：弗雷德、汤姆·米克斯、巴克·琼斯，这些鼎鼎大名永远铭刻在西部片的

---

[1] 西部片中的名马，其特点是有着深色毛发，雪白面庞。

光辉岁月中，但他们的伟大不应让我们忘却这些寂寂无名的鞘翅目昆虫；它们的使命没那么光荣，甚至有些荒唐，比如在穿越沙漠时一命呜呼，或是在沼泽中步履蹒跚，结果跌了一跤，满身脏臭不堪，无地自容，惹得台上台下哄堂大笑。它们中没有一个活到最终决战，彼时火车鸣笛三声[1]，枪套里一早涂好了油，以便拔枪时毫无阻滞，食指已然勾住扳机，只待拇指扣下保险。它们中没有一个在玛丽的双唇间赢得企盼已久的奖赏，也没有名为"闪电"的马前来助攻，从背后将腼腆的牛仔拱进等待已久的女孩怀中。金字塔下无一例外都是石头，纪念碑同样如此。我们的最终赢家窃蠹虫排在末尾，前头还有一长串无名窃蠹虫，但无论如何都不能说那些无名窃蠹虫不如它幸福，因为它们生活过，奋斗过，然后死去，到什么时候便做什么事，最后由我们的这只窃蠹虫终结了这个循环，而且，它将和雄蜂一样，在授精时死去。这便是死亡的开端。

这美妙绝伦的音乐岁岁年年无人倾听，从不停歇，从不间断，夜以继日，无论是辉煌而惊人的日出时分，还是那告别阳光、互道明日再会的另一个奇妙时刻，这持续不息的啃啮，就像

1　借指1952年由加里·库珀主演的西部片《正午》。

一把只会无休止发出同一个音的手摇风琴，将纤维一根接一根地轧断碾碎；人人都心不在焉地进进出出，各自忙碌，全然不知那里将会出现窃蠹虫，如前所述，窃蠹虫将会在既定时刻登场，手持双枪，瞄准它的敌人，然后一击命中，或者说命心——命中靶心，或者从现在开始命心的意思就是命中靶心，因为总得有人成为率先使用这个词的人。这音乐美妙绝伦，毕竟是由鞘翅目家族世世代代谱写演奏的，为的是让它们自己消遣，也为让我们享受，正如巴赫家族的宿命，无论是约翰·塞巴斯蒂安·巴赫的祖先还是后代，都注定与音乐为伍。这音乐无人倾听，即便有人听到，又能为那个坐在椅子上的人做些什么呢？他还是一样会和椅子一起倒下，喉咙里会因恐惧或惊讶发出声音，这声音甚至算不上一声尖叫或嘶吼，更算不上一个单词。这音乐终将归于沉寂，且就在此时此刻归于沉寂：巴克·琼斯目视着对手无可奈何地倒下，头顶着得克萨斯州强烈而刺眼的阳光，然后把左轮手枪塞回枪套，摘下大大的宽边帽擦了擦额头，只见一袭白裙的玛丽向他奔来，因此危险必然已经结束。

不过，要是有人断言人类的命运全部铭刻在鞘翅目昆虫的咀嚼式口器中，那属实有些夸张了。若果真如此，我们都应该去住玻璃房子和铁皮房子，这样才能免受窃蠹虫之害，不过这样做也并不能免除一切侵扰，毕竟存在着这样或那样的原因，比如被我们这些潜在的癌症患者称为玻璃癌的神秘疾病，再如随处可见的铁锈，铁锈不会侵蚀钢铁木，却会切实地摧毁一切铁制品——真希望有人能去解开这些谜团。我们这些人类，实在是不堪一击，而实际上，我们甚至还促成了自己的死亡。或许这个问题事关自身荣辱：不要如此软弱顺从，而要奉献出我们的所有，否则来这世上走一遭还有什么意义？断头台的铡刀锋利无比，是谁将头颈献上？是那有罪之人。步枪的子弹命中一切，又是谁将胸膛袒露？是那临刑之人。死亡就是有这样一种独特之美，像数学演算一样清晰，又像在两点之间画线一样简洁，只要这条线不超过尺子的长度就行。汤姆·米克斯擅长双枪齐射，但即便如此，也必须有分量十足且威力十足的火药压入弹壳，才能确保铅弹从略微弯曲的弹道中飞出足够远的距离（这里就不需要用尺子量了）；在划过了符合弹道学的整条轨迹之后，子弹首先需要在恰当的位置穿过棉布马甲，接着是衬衫，兴许是法兰绒的，然后是冬天保暖、夏天吸汗的羊毛衫，最后是柔软而富有弹性的皮肤，皮肤会立时绷紧，设想（如果皮肤也会设想而不是只会受伤[1]

---

1 "设想"和"受伤"在葡萄牙语中形近音似。

的话）射击的威力会在那里终止，子弹会掉下来，掉在路上的尘土中，反派会因此逃过一劫，在续集中卷土重来。然而，事与愿违。巴克·琼斯已将玛丽拥入怀抱，"剧终"这个词已从他口中呼之欲出，即将填满整个屏幕。观众是时候从座位上慢慢起身，沿着过道向亮得刺眼的门口走去（因为他们看的是日场电影），强迫自己回归这与冒险无缘的现实生活了，有些怅惘，又有些振奋，他们的生活毫无准头可言，以至于指望在射击场上找回准头，有些人甚至坐着不动等待下一场：《西部往事》。

此刻坐着的还有这个老人，他先前从一个房间出来，穿过另一个房间，然后走入一条长廊，那长廊似乎是电影院的过道，但其实只是这间房子的附属；那房子也不能说就是老人的，只能说是他住的房子，或者说是他现在住着的房子，因此整幢房子并非归他所有，而是他的附属。椅子还没有倒下，但它注定倒下，就像一个憔悴不堪，只是暂时还没有力竭的人：它仍然可以承受自己的重量。远远看去，椅子似乎还没有被窃蠹虫（它是美国亚利桑那州的牛仔，是巴西雅利斯金矿的矿工）改造成迷宫般令人头晕目眩的隧道网络。老人远远就能看见这把椅子，走得越近看得越清，前提是他真的在看，因为尽管往椅子上坐过成千上万次，他也从不曾看过椅子一眼。这是他的错，从来都是他的错，他错在从不留意他坐的椅子，因为他想当然地以为所有椅子都拥有实际上只有他才拥有的能力。惯于屠龙的圣乔治或许会在那里看见恶龙，但这个老人是一个与红衣主教们狼狈为奸的假信徒，他和他们携手并肩，凭此徽章，汝将获胜[1]。他没有在看椅子，此刻仍然乐呵呵地笑着走来，到了椅子跟前都没察觉到，窃蠹虫正在最后一条隧道里奋力破坏仅存的几缕纤维，又紧了紧胯部系着枪套的皮带。老人觉得自己会休息——呃，比方说半个小时吧，也许还会在这凉爽怡人的初秋小憩片刻，而且肯定没什么兴致翻阅手里的报纸。我们不必提心吊胆。这不是一部恐怖片；这样的摔倒在过去和将来都只会成为绝妙的喜剧片段，令人捧腹大笑，就像卓别林的喜剧里那样——这个我们都知道，或是帕特和帕塔雄[2]的电影——谁要是能想起片名就奖励一颗糖。我们也不必着急，即使我们知道椅子就快要断掉了，但毕竟还没有嘛，首先得等这个人慢慢坐下来，毕竟我们这些老人家就必须得有这样一对颤颤巍巍的膝盖，还得等他搁好双

1　相传米尔维安大桥战役前，君士坦丁一世梦见基督对他说："凭此徽章，汝将获胜。"这句话也被葡萄牙开国君主阿丰索一世用作葡萄牙王国的座右铭，卡蒙斯所著《卢西塔尼亚人之歌》中就歌颂了这段历史。
2　默片时代著名的喜剧双人搭档。

手，或者用力抓紧椅子的扶手或边沿，以防皱巴巴的屁股和裤裆会一下子瘫在支撑起他全身重量的椅子上，这里无须详细说明，毕竟我们大家都是人，都知道怎么回事。不过为了打发时间，还是多说两句吧，因为老人出于长久以来各种各样的原因，对自己的人性产生了怀疑。可是，这会儿他依然像人一样坐着。

老人还没有向后靠。他的全身重量（误差不超过一克）正平均分布在椅子上。假使他不动，就可以像这样安坐到日落，届时窃蠹虫的力气通常会恢复如初，精力充沛地继续啃食。但他要动了，他已经动了，他靠上了椅背，只是朝椅子较为脆弱的一边稍稍倾斜了几乎察觉不出的一丁点儿。然后椅子就断了。断的是椅子的一条腿，它先是嘎吱作响，接着便因为重量分布不再均匀而断裂开来，只一瞬间，炫目的阳光便穿过巴克·琼斯的隧道，照亮了目标。众所周知，由于光速与音速之间的差异正如兔子和乌龟之间的差异那样大，断裂声要在之后才能听见，那将如身体倒地的声响一般低哑沉闷。且让我们给时间以时间。没有其他人在这间客厅，或者这间卧室，或者阳台，或者露台，或者……既然倒地的声音不会有旁人听到，我们便是这场好戏的主人，我们甚至可以施虐，就像医生和疯子那样，幸好我们都有一点儿施虐的癖好，这种被动的施虐癖只存在于那些视若无睹的人，或者那些从一开始就决定袖手旁观，就算是出于人道主义也不愿出手相助的人身上。当然我们不会对这个老人这么做的。

老人就要向后倒了。看，开始了。就站在这里看，在他身前，在这个选定的位置，我们可以观察到他的脸很长，鹰钩鼻如同镰刀一样尖削，要不是因为他在这一瞬间张开了嘴，我们原本完全有权（任何目击者都拥有这种权利，因此才能说，是我亲眼所见）发誓说他脸上没有嘴唇。但他已经张开了嘴，是因为害怕、惊讶和困惑而张开的，于是我们才有可能判断出（即便这个判断也基本没什么准确性可言）那是两条翻卷的皮肉或苍白的幼虫，只是由于皮肤纹理不同，它们才没有同周遭的苍白混淆起来。脖颈上松松垮垮的皮肤在喉结和其他软骨表面颤动，整个身体随着椅子一同向后倒下，而滚向一旁的（不会滚得太远，因为我们所有人应该都看得见）是断掉的椅子腿。一撮黄色粉末散落开来，实话说并不算多，却足以让我们在这个过程中愉快地将其想象成一只沙漏，漏出的黄沙从粪便学[1]的角度讲应该是由鞘翅目昆虫的排泄物构成的。由此可见，把巴克·琼斯和他那匹名叫

1　该词在葡语中同时还有"末世论"的意思。

"雪颜"的马塞进这里是何等荒谬 —— 当然前提是巴克在最后一家旅店换过了坐骑，现在骑着弗雷德的马。不过，且让我们忘掉这撮连硫黄都不是的粉末吧。假如是的话，那燃烧着的淡蓝色火焰，那释放出的刺鼻的亚硫酸，也许更能让这一幕令人啧啧称赞 —— 啊，真押韵。如果巴力西卜[1]坐着的椅子折断，拉着撒旦、阿斯摩太和大群[2]一同向后倒下，应该是召唤地狱显形的绝妙方法吧。

老人松开椅子的扶手，他那对突然停止颤抖的膝盖此时转而服从于另一个法则，而他那双总是穿着靴子以便掩人耳目的偶蹄（山羊脚夫人的故事[3]里早就写得明明白白，只是没人来得及仔细去读罢了）已经翘在了半空中。我们即将欣赏到这个伟大的体操动作 —— 后空翻，尽管四下没有观众，但相比坐在体育场和杂耍场高高的看台上看到的那些表演，肯定要精彩得多 —— 那时的椅子依然坚固，摆在窃蠹虫面前的任务依然是个不可能的设想。然而没有人在一旁定格下这个瞬间。理查三世喊道：我愿用我的王

---

1 又称苍蝇王或魔王，据传代表七宗罪中的"暴食"。
2 均为恶魔的名字。
3 据传，从前一名贵族为一位美貌的姑娘倾倒，委托鞋匠为她做一双鞋作为礼物。为了获知姑娘双脚的尺寸，鞋匠偷偷在她床边撒了面粉。结果，面粉上留下的印记证明姑娘长着一双山羊脚，但鞋匠还是做出了大小合适的鞋。当贵族把鞋赠给那位姑娘时，姑娘才知道大家都已发现她丑陋的秘密，羞愤难当地从城堡上跳了下去。

国换一台拍立得！[1]但没人理会他，因为他的这个愿望太超前了。我们则更是一无所有，换不来儿女的照片，换不来入场证，也换不来这场摔倒的真实影像。哎呀，这双悬空的脚离地面越来越远了；哎呀，那颗脑袋离地面越来越近了；哎呀，圣女孔巴[2]保佑，她并不是受苦受难者的守护圣女，她守护的正是那令人受苦受难的存在。蒙德古河的仙女们此时还未因那年轻姑娘的惨死而哭泣[3]。这场摔倒可不是卓别林那种无足轻重的摔倒，它无法复制、独一无二，同时也因此精妙绝伦，恰如亚当的功绩与夏娃的美德加在一起那样。说起夏娃——哎呀，夏娃啊，你既是主妇又是奴仆，负责分配用度，接济省吃俭用、良善虔诚的无业游民，是受苦受难的灵魂，是在那个就算没有苹果、毒蛇引诱也会堕落的亚当的阴影之下被发育和发泄出来的力量，可你在哪里？你花了太多时间在厨房里忙碌，在电话里倾听圣母玛利亚的女儿们或耶稣

1　此句化用莎士比亚《理查三世》中的名台词。理查三世是英国玫瑰战争时期的末代君主，生性奸猾。后来在身陷重围之时，理查三世绝望地喊出："一匹马！一匹马！我愿用我的王国换一匹马！"

2　传说葡萄牙科英布拉有位名叫孔巴的修女，自小便信仰基督教。后来，一位摩尔贵族企图强行占有她，她宁死也不愿背弃誓言和信仰，于是被钉死在了一棵树上。

3　此句化用《卢西塔尼亚人之歌》中的诗句："蒙德古河仙女们久久哭泣／深深怀念着惨死的伊内丝。"（张维民译）此段讲述了当时还是王子的葡萄牙国王佩德罗一世爱上了王妃的侍女伊内丝，而伊内丝又是敌国的显赫贵族。这段爱情不容于世，在权力倾轧之下，伊内丝最终惨遭谋杀。

圣心的侍女们或圣女齐达[1]的女徒们的诉说，你在浇灌海棠花时浪费了太多水，你太无所事事，你是从不帮忙的蜂后，可如果你要帮忙，你又会帮谁呢？晚了。圣徒们已经转身离去，他们吹着口哨，假装未曾留意到这里的状况，因为他们心里很清楚没有神迹，从来没有，不过是每当世上发生了不寻常之事时，他们都能幸运地在场并加以利用。即使是圣约瑟[2]，作为一位曾经的木匠，一位比圣徒更有用的木匠，也不可能在这位新鲜出炉的葡萄牙体操冠军表演完他的后空翻之前，及时把椅子的那条腿粘好，阻止这场摔倒；而既是主妇又是奴仆的夏娃此时正忙着把老人要吃的三小瓶药片和药水分开摆好，一次一种，分别在下一顿饭之前、之中和之后服用。

老人看到了天花板。他只是看到了，但没时间细看。他像只肚皮朝天的王八一样手舞足蹈，很快又变得像一个穿靴子的神学院学生，在假期里背着打谷场上劳作的父母偷偷在家自慰。仅此而已，再没别的了。土地松软，未经开垦，平平无奇，我们踩上去之后会说这全是石头，说我们生来贫穷，亦将幸运地贫穷至死，因此我们享受着主赐予的恩典。倒下吧，老家伙，倒下吧。

1　意大利人尊奉的圣女，是家庭主妇与女佣的守护神。
2　耶稣的养父。

看，现在你的脚抬得比头还要高。我们的奥运冠军，在你表演完你的后空翻之前，你将做出海滩上那个男孩没能做成的倒立，只有一条手臂的他在尝试时跌倒了，因为他把另一条手臂留在了非洲。倒下吧。但你也不用着急：太阳依然高高挂着呢。我们这些旁观者甚至可以走到窗前悠闲地往外看，那里视野开阔，看得到城镇与村庄，河流与平原，山脉与农田，然后告诉那蛊惑人心的魔鬼，这正是我们想要的世界，想要属于自己的东西并没有错。我们眼花缭乱地回到屋内，仿佛你根本不在那里一样：我们把太多的阳光带了进来，只能等待阳光适应屋内的环境，或者等待阳光回到屋外去。你终于离地面又近了些。椅子的一条好腿和一条断腿已经向前滑动，完全失去了平衡。请注意，这不再是警报，而是真正的摔倒，四周的空气已经扭曲变形，所有东西都吓得蜷缩起来，就像马上会遭受攻击似的，整个身体抽搐着拧作一团，像是患了风湿病的猫，已经没办法在空中转过那救命的一小圈，从而让四爪轻柔落地，安全生还。看出来这把椅子摆放得有多糟糕了吧，甚至比椅子里有了一只无人知晓的窃蠹虫还要糟糕。实际上更糟糕的是，或者说同样糟糕的是，椅子的那处棱角、尖角或边角正将它那紧握的拳头伸向半空中的一点，那个点此刻仍然自由自在，仍然无拘无束、无罪无辜，但脑袋划出的圆弧就将在那里中断、弹起、变向，片刻之后再次跌落，向下面，向深处，被地球中心的那个小恶魔无情地牵引着，它手里有几十亿根细线，上下拉扯，在地底下做着与地面上这些傀儡戏演员一模一样的营生，直到用那最后一记猛拽将我们拉下舞台。对于老人而言，那个时刻还没有来临，但很明显他的倒下正是为了再次倒下并最终倒下。此时此刻，在椅子的尖角、紧握的拳头、插向非洲的长矛[1]、脑袋最脆弱的一侧，和那块命运早已注定的骨头之间，哪里还存在、还剩下什么空间呢？我们可以测量一下，必定会惊讶于所剩空间竟如此微乎其微，看，甚至连一片指甲、一片剃须刀片、一缕头发、一根桑蚕或蜘蛛的细丝都塞不进去，更不用说一根手指了。时间还剩一些，但空间即将耗尽。蜘蛛刚刚吐出它的最后一根细丝，结网完毕，苍蝇已被困囚网中。

这声音很奇怪。它如此清晰，清晰得恰到好处，好让我们这些目击者不会怀疑其存在，但又如此低哑沉闷、小心翼翼，以防过早地招来主妇夏娃和该隐们施以援手，保证这一切发生在与此等伟大相称的孤独和寂寞之间。不出所料，脑袋遵守着物理学定律，受到撞击后弹起来了一点儿，这里的一点儿具体指的是两

---

1 化用葡萄牙谚语"在非洲插一根长矛"。由于远征非洲的探险和殖民任务艰巨，所以葡萄牙人用这句谚语指代极其困难的行动。

厘米高（因为我们离得很近，而且刚刚进行过其他一些测量），并且偏向一边。从现在开始，椅子已经无关紧要了，甚至连摔倒的剩余过程也都无关紧要，完全成了冗余。之前已经说过，巴克·琼斯的计划中设定了一条子弹轨迹，轨迹中设定了一个命中点。看，这就是。

现在无论发生什么，都只会发生在内部了。不过还是要先说一下，身体又一次倒下了，一同倒下的还有椅子，后者将不再予以说明，或只会被附带提起。就算音速突然变得与光速相等也无济于事了。该发生的早已发生。夏娃可能会焦急地冲上前来施救，口中还会喃喃祈祷，她从不会忘记在恰当的场合要这样做；也许这次她不会，前提是灾难当真会剥夺受害者的声音（尽管依然允许他们哭喊）。这就是为什么主妇夏娃，这受苦受难的灵魂，会在这时跪下问天问地，因为灾难已经发生，已经结束，只剩下灾难造成的后果。很快，该隐们就会从四面八方赶来——也不知称他们为该隐是否有失公允，毕竟该隐只是个不幸遭主厌弃的可怜虫，因而才对一个谄媚阴险的兄弟实施了人之常情的报复[1]。

1　在伊甸园外，亚当和夏娃生下了该隐、亚伯和塞特三兄弟。成年后，该隐务农，亚伯牧羊。该隐和亚伯分别向上帝献上贡品，该隐献上土地里生长的蔬菜，亚伯则献上初生的羔羊和羊脂油。上帝看中了亚伯的贡品而未选择该隐的贡品，该隐对此怀恨在心，后来将亚伯带到田间并杀死了他。

我们也不应称他们为秃鹫，尽管他们的行为举止很像（好像不太像，好像又有点儿像），更准确来讲，即从形态学和性格学的双重角度来看，应当把他们划为鬣狗一类，嗯，这可真是个伟大的发现。但有一个重要事实并非新发现，那就是鬣狗和秃鹫一样，都是有用的动物，它们能将尸肉从活人的视野中清理出去，为此我们应该感谢它们，只是赶来的这些既是鬣狗，同时也是鬣狗的尸肉——而这说到底，还是前面提及的那个伟大发现。一直以来，那些天真的业余发明家和那些精通舞台布景又创意十足的魔术师都搞错了，永动机并不是机械。正相反，永动机是生物，是这只鬣狗，它以自己死亡的、腐烂的身体为食，从而不断地在死亡和腐烂中重构。要想打破这个循环，即便宇宙万物加起来也做不到，但同时最微小的事物便已足够。有几次，要不是巴克·琼斯不在——他那会儿正忙着在山的另一边追赶几个质朴而正直的偷羊贼——其实一把椅子就够了，外加宇宙中一个坚实的支点，便可撬动地球，阿基米德就是这样对锡拉库扎城的希罗王说的；也可用来砸破脑部的血管，头骨还以为自己可以保护它们，注意这里的"以为"并非拟人，离大脑这么近的骨头如果连通过渗透或共生的方式来进行如此简单的心理活动都不会的话，似乎不太可能。虽然很难，但如果这个循环真被打破，必须留意那个断裂点上可能会有什么东西把自己硬塞进来，当然也有可能不是以硬塞这种方式——那东西是另一只鬣狗，由化脓的肋骨而生。如果允许我用神话打个比方的话，这就好比从朱庇特的大腿中出生的是墨丘利[1]似的，但那就将是另一个故事了，谁知道会不会有人已经讲过了呢？

主妇夏娃跑了出去，一路上大呼小叫，说着些没必要记录下来的话，这些话与安代罗被杀时莱昂诺尔·特莱斯[2]（她还是位女王呢）说的那些话如出一辙，几乎没有什么区别，只是措辞上不那么中世纪范儿。老人并没有死。他只是晕倒了，我们大可以不慌不忙地盘腿坐到地上，因为既然弹指即百年，那么在医生与担架工还有穿着条纹裤的鬣狗们号哭着赶到之前，我们便已度过了永恒。让我们再好好看看。老人脸色苍白，但不冰冷。心脏在跳动，脉搏很稳定，看起来就像是睡着了，我知道你们想看到的是，原来这一切只是一场巨大的误会，一个丑陋的阴谋，借此可以辨别善与恶、麦与糠、朋友与敌人、拥护者与反对者；这整个

1　根据古罗马神话，从朱庇特的大腿中出生的其实是酒神巴克斯，而为众神传递信息的使者墨丘利是朱庇特的另一个儿子。
2　莱昂诺尔·特莱斯是葡萄牙国王费尔南多一世的王后，1383年国王驾崩后成为摄政女王，并肆无忌惮地与情夫若昂·费尔南德斯·安代罗伯爵共同把持朝政。由于安代罗伯爵出身卡斯蒂利亚贵族，许多人担心葡萄牙会因此被卡斯蒂利亚吞并，于是暗杀安代罗伯爵，莱昂诺尔·特莱斯也被迫放弃摄政。

有关椅子的故事中的英雄巴克·琼斯，原来只是个四处挑衅、令人作呕的卑劣小人。

冷静，同胞们，请耐心听我说。如你们所知，头骨是一只装着大脑的骨头匣子，而大脑呢，正如我们在原色解剖图上看到的那样，不偏不倚正好成了脊髓的顶部。脊髓从脊椎被一路挤压上来，在那里找到空间之后，便如智慧之花一般绽放开来。请注意，这个比喻既不是无凭无据，也并非不值一提。然而花卉的种类繁多，这里我们只需选一种就行了，或者每个人说一种最喜欢的花，实在不行就挑最讨厌的花吧，譬如某种食人花，虽说"各有所好，无须计较"[1]，但我想我们应该都会对这种生性残忍的东西深恶痛绝——尽管出于教育者和学习者都应当一以贯之的基本准则，我们首先需要对这一指控的公正性提出质疑；我们还需要质疑（再来一次，以防有所遗漏）为什么一株植物可以拥有两次进食的权利，它先是从土壤中吸取养分，然后又去吃那些在空中飞的昆虫，也不知它是否连鸟都吃。顺便说句题外话，想想我们的判断力有多么容易瘫痪，我们接收来自四面八方的信息，并且照单全收，同时又保持中立，因为我们宣称自己是不容分裂的精

1　拉丁文谚语。

神个体，日复一日将自己献祭给那名为审慎的祭坛——审慎，正是我们最为出色的通奸之行。然而，在观看这场漫长的跌倒时，我们并没能保持中立。我们不得不牺牲掉一定程度的审慎，才能足够专注地观察到这张大脑剖面图如何随时间发生变化。

女士们，先生们，请观察这种由纤维构成的纵向桥梁：它叫作脑穹隆，构成了视丘的顶部。其后可见两条横缝，显然不应和嘴唇之间的那条缝混淆起来。现在让我们从另一边来观察。注意看，凸出来的这一块是四叠体，或者叫视叶（既然我们不是在上动物学课，"视叶"的重读音节发得开一些[1]也没关系）。这块宽大的部分是前脑，上面有着著名的脑沟回。这里，下面这个地方，很显然，大家都知道，那是小脑及其内部组织，即小脑活树，亦称生命树，这里最好澄清一下，以防有人误以为我们在上植物学课：神经组织折叠形成了一定数量的片状褶皱之后，又进一步形成了二级褶皱，由此呈现出了树形结构。让我们再说回脊髓。注意看这块，它并不是一座桥，却被叫作"瓦罗里奥桥"，这听起来更像是一座意大利小镇的名字，当然你们也可以说不像。它后面那部分叫作延髓。我们就快要结束这段说明了，请大

---

1 葡语中"lobo"一词既可指"视叶"，也可指"狼"，根据重读音节发开音或半开音区分。

家打起点儿精神。当然，这段说明原本可以更加长篇大论、不遗巨细，但要那样的话我们就得进行尸体解剖了。所以我们就只再看个脑垂体吧，它是生长于丘脑或第三脑室底部的腺垂体和神经垂体。最后，作为总结，让我们来看一下这个东西，它就是视神经，是这一切的重中之重，因为有了它，就没有人敢说自己不曾目睹在这里发生的事情。

下面来到了最关键的问题：大脑，亦称识海[1]，究竟有什么用途？它能用于一切，因为它能用来思考。不过要小心，我们不能在这个问题上走入一种常见的思维误区，以为头骨里装着的一切都与思想和感觉有关。大错特错啊，女士们先生们。其实装在头骨里的这团东西大多与思想无关，也不可能消除掉任何记忆。它只有非常薄的一层神经组织，即大脑皮层，厚约三毫米，覆盖在大脑前部，构成了意识器官。请注意，无论是在我们所说的微观世界与我们所说的宏观世界之间，还是在供我们思考的三毫米大脑皮层与供我们呼吸的几千米大气层之间，都存在着一种令人不安的相似性，无论前者还是后者，都是那样微不足道，甚至不需要拿银河系来做比较，即便与区区地球的直径也无法相比。敬畏

---

1 此处原文为拉丁语。

吧，弟兄姊妹们，让我们向主祈祷。

身体还在这里，我们想让它在这里多久，它便会在这里多久。看，脑袋上那处头发看起来乱糟糟的地方，就是遭到撞击的部位。从表面上看并无大碍。只有一处极轻微的瘀伤，像是不耐烦时被指甲划出来的，且几乎被发根覆盖，死亡似乎根本不可能从这里进入。可实际上，死亡已经在里面了。这算什么？我们难道要怜悯这个已被我们打败的敌人吗？死亡难道是一种原谅，一种宽恕，一种洗去一切罪行的海绵和漂白剂吗？此时，老人睁开了眼睛，却认不出我们是谁，对于这件事，惊恐的只是他，而不是我们。他的下巴颤抖起来，他试图说些什么，他对于我们的出现感到不安，他认为我们就是袭击者。他什么也说不出。一缕涎水顺着他半张的嘴角流到下巴上。在这种时候，露西亚修女[1]会怎么做？如果她跪在这里，周身萦绕着霉菌、衣裙和焚香的三重气味，她会怎么做？她是会虔诚地拭干那涎水，还是会更加虔诚地匍匐向前，五体投地，伸出舌头接住那神圣的分泌物，或者应当说是圣髑，以便日后保存在玻璃瓶中？教会的历史不会这样记载，我们知道，俗世的历史也不会这样记载，就连主妇夏娃，这

1　葡萄牙修女，声称看见法蒂玛圣母显灵的三牧童之一。

受苦受难的灵魂，也不会留意到老人把口水流在身上是对他自己的一种侮辱。

走廊里已经听到了脚步声，但我们还有时间。瘀伤的颜色变深了，覆盖其上的头发似乎翘了起来。用梳子温柔地梳一小下就可以整理好我们现在看到的这块表面。但这无济于事。在另一块表面，即大脑皮层的表面上，积聚着恰好在跌倒发生的那个位置上被撞破的血管里涌出的血液。这就是血肿。此时此刻，窃蠹虫就在那里，准备开始第二轮劳作。巴克·琼斯擦好了左轮手枪，在弹膛里重新装上了子弹。他们是冲着老人来的。那趾爪刮挠的声音，那呜呜咽咽的号哭，是鬣狗来了，没有谁会不知道。我们去窗户那边吧。告诉我，这个九月[1]怎么样？这样的天气我们已经久违了。

---

1 1968年9月，年迈的葡萄牙独裁者安东尼奥·萨拉查卸任。据说是因为他在度假时从椅子上摔倒，造成颅内血肿，此后一直未能痊愈，直至两年后去世。

禁
运

Embargo

运

他惊醒了，睡梦被尖锐地拦腰斩断，只见面前的窗玻璃上结着铅灰色的霜冻，窗格呈十字切割，黎明仿佛瞪着一只死白的眼睛闯进来，淌着冷凝的汗液。他想，一定是妻子睡前忘了把窗帘拉好，于是恼起来：要是现在没法重新入睡，接下来这一整天就算完了。可他又不乐意起床去拉窗帘，宁可用被子遮住脸，翻身转向熟睡的妻子，躲在她身体释放的暖意和头发散发的气味当中。他就这样心神不宁地等了几分钟，担心再也睡不着了。但又很快得救于这样的念头：包裹他的是一只温暖的茧床，紧挨他的是一具蜿蜒的肉体。就在即将被卷入缓缓旋转的情欲旋涡之时，他沉沉地睡了过去。窗玻璃上那只灰色眼睛正一点点变蓝，死死盯着床上的两颗头颅，它们就像是搬去另一幢房子或另一个世界后被遗忘的东西。两小时后，闹铃响了，房间亮了起来。

他叫妻子不用起身，在床上多睡一会儿，自己则已没入寒冷的空气中，难以名状的潮湿笼罩着墙壁、门把手和浴巾。他在刮胡子时抽了第一支烟，喝咖啡时抽了第二支，只那一会儿工夫，咖啡已经凉了。他像每天早晨那样咳了几下。随后，他摸索着穿好衣服，但没有把灯打开。他不想扰了妻子的好梦。古龙水沁凉的香气使蒙蒙亮的房间苏醒过来，丈夫俯身吻了吻妻子睡梦中闭着的双眼，妻子舒服地呼了口气。他在她耳边悄声说："午饭不回家吃了。"

他关上门，快步下楼。楼里似乎比平时更加安静。"可能是起雾了。"他想。他之前就注意到过，大雾如同一口大钟，会将声音也盖得严严实实，将其转化、溶解，直至与周边景象一般模糊难辨。应该就是下雾了。下到楼梯最后一段时，他已经可以看见街道，来确认自己是否猜中。天虽然还灰着，但毕竟已有了石英般炫目的光亮。人行道的边上奄拉着一只硕大的死老鼠。他站在门口，正要点上第三支烟时，一个戴着毛线帽、裹得严严实实的男孩从旁走过，冲那老鼠吐了口唾沫，大人们一直就是这么教他的，大人们也一直就是这么干的。

他的车停在五栋楼开外。能在那儿找到一个停车位已是万幸。晚上车停得越远，被偷走的风险就越大，他早就对这种说法深信不疑。虽然还从未对谁提起过，但他一直相信，要是把车远远停在某个犄角旮旯儿，这车就再也找不到了。那边不远处，车还在，他终于放下心来。只见车上结满了小水珠，车窗覆着潮湿的水雾。若非此刻天寒地冻，或许会觉得这车如活物一般在流汗。他像往常一样检查了轮胎，顺便扫了眼天线是否完好，这才打开车门。车内一片冰冷。车窗蒙着雾，里面就像一方影影绰绰、淹没于大水之下的洞穴。他想，之前应该停在斜坡上方的，那样车子更容易发动。他拧转钥匙点火，发动机立时响亮地轰鸣起来，低沉而急切地喘息着。他笑了，真是意外之喜。今天有了一个好的开始。

车在坡上发动了，像动物一样用四蹄刮擦着柏油路面，碾压着周围的垃圾。时速表猛地跳到了九十迈，在这样一条两边停满车辆的窄路上，这车速简直是在自杀。怎么回事？他慌忙缩回了踩油门的脚。有那么一瞬间，他还以为是他的车被人换上了过于强劲的发动机。他小心翼翼地踩下油门，这回控制住了车速。没什么打紧的。脚上的力道有时确实不好把握。但凡没把鞋跟搁在惯常的位置，踩下的幅度和力度都会不一样。仅此而已。

他这才意识到，因着刚才的意外分了心，油表盘还没检查呢。万一有人趁夜偷了他的油呢？之前又不是没出过这样的事。哦，还好没有。指针显示油量恰好还剩一半。他在红灯前停了下来，握着方向盘的手感受到汽车的震颤与紧绷。真奇怪。他以前从未注意到过这种像动物一样的抖动，它顺着铁皮传遍车身，连带他的五脏六腑都抖了起来。绿灯亮起，汽车似乎开始蛇行，像液体般越拉越长，超过了一辆又一辆车。真奇怪。不过，他确实一直觉得自己比一般人的驾驶技术要好得多。这要看天赋的，如今反应这么快的人可不多见了。油量还剩一半。要是能遇上一处营业的加油站，一定要把油加满，保险起见嘛。今天去办公室之前还得跑那么多地方，油加多了总比油不够了要好。这该死的禁运。恐慌，数小时等待，成百上千辆汽车大排长龙。大家都说工业肯定首当其冲。油量还剩一半。有些人在油箱比这更空的时候都敢开着车到处跑，但如果可以，还是加满为好。车拐过一个颠簸的弯道，顺势轻松地冲上一处陡峭的斜坡。那附近有个加油站，鲜有人知，或许可以去碰碰运气。他的车就好像一只闻味而动的猎犬，在车流中穿插腾挪，转了两个弯后，终于如愿排在了加油站前的队伍当中。嗯，记性真不赖。

　　他看了看表。前头估计排了二十辆车。或许更多。但他想到可以先去办公室，下午再出去办事，到时车里会有满满一箱汽油，那就没什么可担心的了。他摇下车窗，叫住了过路的报贩子。最近降温降得厉害。但此刻他坐在车里，把报纸摊开在方向盘上，一边抽烟一边等待，于是感到了一种愉快的温暖，就像早晨被窝里的那种。想到妻子此时还窝在床上睡得正香，他就像猫儿一样妖娆地舒展了一下背部的肌肉，寻了个更舒服的姿势靠在椅背上。报纸上一丁点儿好消息都没有。禁运仍在继续。"一个阴沉而寒冷的圣诞节"，有个标题这样写道。不过，他还有半箱汽油呢，而且用不了多久就能加满。前面的车动了一点儿。很好。

一个半小时后轮到了他，三分钟后他便开车走了。他有些不安，因为加油站的人刚刚告诉他，十五天以内他们那儿都不会再有汽油了，在无数次重复这个通知之后，那人的声音中早就没有了任何感情。报纸搁在一旁的车座上，上面公布了严格的限购令。往好处想，至少油箱现在是满的。接下来该干吗呢？是直接去办公室，还是先去客户那儿，看看能不能谈下那单生意？他决定先去见客户，这样就可以顺理成章地迟到了，总好过说自己明明载着半箱油还花了一个半小时排队加油。车开得很顺畅。他之前从未觉得这辆车开起来这么舒服。电台一打开便是新闻节目。情况越来越糟了。这帮阿拉伯人。这该死的禁运。

突然，车猛地拐进右边的岔路，停进了一条比刚才短一些的车队当中。怎么回事？哦对，油箱满了，满满当当的，这鬼记性。他推动变速杆，想挂倒挡，但变速箱没有动静。他又用力推了一把，但齿轮好像卡住了。得，这下车坏了吧。前面的车开动了。他想着最坏的情况，战战兢兢地挂上了一挡。一切正常。他松了口气。可万一又要倒车的话，还能挂上挡吗？

大约半小时后，他又往油箱里加了半升汽油，在加油站服务员嫌弃的目光中，自己都觉得自己不可理喻。他留下数额高得离谱的小费，然后在一阵刺耳的轮胎摩擦声和马达加速声中驱车离去。该死的，想什么呢？现在就去见客户吧，否则今天上午算是彻底废了。车开起来从未这样顺畅过，对他的每一个动作都能立时反应，有如他身体的机械延伸。但先前倒车时的故障还是让他想不明白。而此刻，这个问题真得好好想想了。一辆抛锚的大卡车堵住了整条路。因为没来得及从旁边绕过去，现在他的车被困住了。他又一次战战兢兢地推动变速杆，车子发出轻轻的抽气声，咬上了倒挡齿轮。他可不记得变速箱以前有过这样的反应。他往左打方向盘，一脚油门，车就冲上了人行道，紧贴着越过那辆大卡车，然后从前头开下人行道，以一种动物般的敏捷使自己重获了自由。这鬼车子真是不嫌命大。可能是禁运之后全乱套了，到处都着急忙慌的，混乱中运去加油站的恰好是超强力汽油。适应了就好。

他看了看表。为见客户跑一趟值得吗？运气好的话或许能在人家下班前赶到。只要路上不堵，是啊，除非路上不堵，才赶得上。然而路上堵得很。时值圣诞，汽油紧缺，但大家还是都把车开出来了，导致那些仍要上班的人寸步难行。他看见一条畅通的岔路，便拐了过去，不去见客户了。随便找个什么借口吧，反正下午再去单位。就因为一直拿不定主意，才在市中心绕了许多路，汽油就那么白白烧掉了。算了，反正油箱现在是满的。他沿着那条路开下来，看见尽头路口处，又有汽车排起了长队。他得意地笑了笑，一脚油门，打算经过时冲那些动弹不得、苦苦等待的司机炫耀一番。可是，车刚开出去二十米，就自个儿歪向了左侧，在队伍末尾停了下来，似乎还轻轻叹了口气。刚才到底怎么回事？没想再去加汽油啊？而且怎么就停下来了呢？油箱分明是满的呀？他开始查看各种仪表，又抚摸起方向盘，花了好半天才确认这是自己的车，然后把遮阳镜翻下来照了照。他看出自己满脸困惑，而这困惑有着充分的理由。他第二眼从镜中看到的是一辆沿着马路开下来的车，显然是过来排队的。他担心自己这辆早就加满油的车也被困在等加油的队伍当中，于是立刻推动变速杆想挂倒挡。车子没有反应，变速杆也从手中滑脱。下一刻他便发现自己被一前一后夹在两辆车之间。见鬼。这车什么毛病？真该把它送去维修店。像这样前一分钟还能用，后一分钟就不管用的倒挡，太危险了。

又过了二十多分钟，车终于挪到了加油站前。他看着走过来的服务员，从嗓子眼儿里挤出"把油箱加满"的请求。与此同时，为了避免出洋相，他迅速挂上了一挡，企图把车开走。没用的。车纹丝未动。加油站的服务员狐疑地看了看他，然后打开油箱盖，几秒钟后走过来收了一升油的费用，嘟嘟囔囔地把钱装进口袋。下一秒，汽车就顺顺当当地挂上了一挡，一反前态，乖乖行进起来，呼吸平稳。这车一定有什么不对劲的地方，变速箱，发动机，或是别的某个部位，真是见了鬼了。是他车技不行？又或者是生病了？可他好歹还是睡足了的啊，烦心事也不比平时更多。暂时还是别去见客户了，今天也别去想他们，就待在办公室好了。他感到很不安。将他团团包裹的车架自最深处抖动着，动的不是表层，而是钢铁的内部；发动机的运转声好像那几不可闻的肺部呼吸声，鼓起来，瘪下去，又鼓起来，又瘪下去。起初，他察觉到自己的脑子里竟没来由地筹谋起一条绕开其他所有加油站的路线。等到明白过来自己在想什么时，他被吓住了，开始担心自己的脑子是不是出了毛病。他兜起了圈子，一会儿绕远路，一会儿抄近路，最终开到了单位楼下。他找地方停了车，松了一口气。关掉引擎，拔出钥匙，打开车门。但是，没法下车。

他以为是大衣下摆被夹住了，或是腿被卡在了方向盘管柱那里，于是又试了一次。他还检查了安全带，以防自己无意间又把它系上了。并没有。安全带就挂在旁边，像根软塌塌的黑色大肠。"真是荒唐，"他想，"我一定是病了。"如果我出不去，那只能是因为我病了。他可以随便动胳膊伸腿，可以在操作时微微弯腰，可以转头朝后看，可以稍稍探身去够右边的手套箱，只是背部连在了汽车的椅背上。并非紧紧粘在上面，而是像肢体与躯干相连那样。他点了一支烟，突然发起愁来：要是老板从窗户探头往外看，发现他坐在车里抽烟而不赶紧下车，该如何解释呢？刺耳的喇叭声骤然响起，他只能先关上挡路的车门。等那辆车过去后，他又让车门慢慢地自行打开，然后扔掉烟头，双手抓住方向盘，猛地发力。没用的。他甚至没有感觉到疼痛。椅背温柔地固定着他，使他坐在原处。这一切究竟是怎么回事？他又把遮阳镜翻下来照了照。脸上没什么不对劲的，只有一种几乎无法抑制的、捉摸不定的不安。他转头看向右侧的人行道，发现有个小女孩正打量着他，既好奇又好笑。很快，一个女人拿着保暖外套走过来，小女孩一边穿外套，一边继续盯着他。两人走远了，女人仍在整理女孩的衣领和头发。

他又照了照镜子，终于想到接下来要做什么。但不是停在这儿。有人在朝他张望，其中几个还是熟人。他调整座椅坐直身子，迅速伸手关上车门，然后以最快的速度上了路。他有了目的地，一个非常明确的目的地，这让他冷静了下来，脸上甚至有了笑意，不安也逐渐平息。

他注意到加油站时已经几乎要开过它了。有块牌子上面写着"售罄"，汽车继续前行，方向没有变化，速度也没有降低。他没有再去想汽车的事情。他的笑意更明显了。他正在驶离城市，来到了郊区，离他想找的地方已经很近了。他开进一条正在施工的马路，先是左转，然后右转，来到一条偏僻的小道，两边是围起的田地。车停住时，雨下了起来。

他的想法很简单。他要做的就是从大衣里面挣脱，只要扭动胳膊和身体，就可以像蟒蛇蜕皮那样溜出去。众目睽睽下他是不敢这么做的，但现在只有他在那里，四下无人，整座城市被远远遮挡在雨幕之后，那就再容易不过了。但是，他错了。连在椅背上的不仅有他的大衣，还有他的西服、毛衣、衬衫、内衣、皮肤、肌肉和骨骼。他此刻想到的就是这些，但没想到的是十分钟后自己会在车里扭来扭去，鬼哭狼嚎，涕泗横流。他绝望了。他被困在车里了。车门大开，冰冷的疾风将雨水猛吹进来，但无论怎么挣扎，怎么使劲蹬住时速表上的那处凸起，他都无法把自己从座椅里弄出来。他两手紧紧抓住车顶的把手，试图把自己吊起来，好像在试图举起整个世界。他跌回方向盘上，惊恐万分地呻吟着。眼前是他适才慌乱之中开启的雨刷，此时正像节拍器一般来回摆动，发出空洞的声响。远处一座工厂里传来了哨声。不多时，弯道上有个男人骑着自行车过来了，身披一大块黑色塑料布，雨水仿佛从海豹皮上淌落。骑车的人好奇地往车里瞧了瞧，然后又继续向前骑了，也许有些失望，或者有些不解，因为他远远瞧着以为是一对男女，结果只是这么一个男人。

　　这事太荒唐了。从来没有人会像这样在自己的车里被困住，不对，是被自己的车困住。一定有什么办法可以出去的。用蛮力肯定行不通。要不去维修店？不行。到时候要怎么解释呢？要不报警？然后呢？大家都会围过来看热闹，然后警察就会拽着他的胳膊往外拉，还会找围观的人一起帮忙，而这一切都只会白费力气，因为椅背仍会温柔地固定住他。记者和摄影师也会赶来，第二天所有报纸上都会刊登他被困在车里的照片，照片上的他会像一只被大雨浇透的、剃了毛的动物一般无地自容。必须寻个别的办法。他关掉发动机，没有丝毫停顿便用力向外扑去，仿佛发起了一场突袭。仍是徒劳。他的脑袋和左手都受了伤，疼痛令他好一阵晕眩，这时突如其来的尿意再也无法控制，温热的液体无休无止地涌出来，从两腿之间流到了汽车地垫上。他感觉到了这一切，于是低声哭泣起来，像只小狗在哀哀叫唤，直到一只脏兮兮的流浪狗从雨中走来，在车门前试探着冲他吠了几声，他才止住了哭泣。

他慢慢踩下离合器，动作沉重得如同一场深陷于洞穴的噩梦。他隐约意识到必须找个人来帮他。但是找谁呢？他不想吓到妻子，但也没有别的办法了。也许她能想到怎么解决。就算不能，至少自己不会如此可悲地孤独下去了。

他回了城，仔细留意着各种交通标志，避免在座位上做出任何大的动作，仿佛是想稳住那些禁锢他的力量。两个小时过去了，天色又暗下来许多。沿途经过三个加油站，但汽车对此毫无反应。那三个加油站都挂出了"售罄"的告示牌。自他进城起，便时不时看到有汽车被扔在各种奇奇怪怪的地方，后窗上都放了个红色三角，平日放这种标志一般意味着出故障了，但现在基本是因为汽油耗尽。他有两回看见一群人正冒着还不见停的大雨，气急败坏地把汽车推上人行道。

他终于开到了自己家门口的那条街，不得不开始思考该如何把妻子叫出来。他茫然无措地把车停在大门口，几乎又要陷入另一个精神危机。他期盼着妻子会奇迹般地下楼，回应自己无声的求救。他等了很久，这时附近的一个男孩好奇地走了过来，他用一枚硬币买通男孩上到三楼，告诉住在那里的女士，她的丈夫正在楼下等着，就在车里。叫她马上过来，十万火急。男孩去而复返，说那位女士就快下来了，然后攥着自己赚到的硬币跑远了。

妻子穿着家居服便下了楼，连伞都忘了拿，此刻站在门口踟蹰不前，不由得把目光转向人行道边沿上的一只死老鼠，老鼠软塌塌的，毛发耸立。她迟迟不肯冒雨穿过人行道，还有些生丈夫的气，怪他明明可以自己上楼找她，干吗无缘无故叫她下来。然而丈夫却只在车里朝她招手，她吓了一跳，赶忙跑了过去。她伸手就去拉门把手，急着上车躲雨，而车门终于打开时，她看见丈夫张开手掌，虚虚地悬在她面前，要推她出去。她执意要进去，但他冲她大喊不行，太危险了，然后和她讲了前因后果。她弓着腰，雨水全打在背上，头发散乱，恐惧令整张脸抽搐起来。她看见丈夫坐在那个温暖的、蒙着雾的、将他与世界隔绝的茧中拼命挣扎着想下车，却怎么也出不来。她鼓起勇气抓住他的胳膊，不信邪地往外拽，但同样无法使他动弹分毫。由于这一切可怕得令人难以置信，二人无言，对视着，最后妻子觉得丈夫一定是疯了，是在假装没办法下车。她得去找人来治好他，或者把他弄去治疯病的地方。她谨慎地准备措辞，絮絮叨叨地对丈夫说，再等一小会儿就好，她这就去找人把他弄出来，马上就回，等下正好一起吃午饭，他可以打电话去单位，说他感冒了，下午不去上班。她让他放宽心，这没什么的，要不了多久他就能出来了。

然而当她消失在楼梯间时，他再次想象自己被围观的场景，还有报纸上的照片，以及尿液沿着大腿往下流的羞耻感，但终归又等了几分钟。妻子正在楼上到处打电话，打给警察，打给医院，极力想让他们相信她说话的内容而忽略她的语气，并报出了她和她丈夫的姓名，还有汽车的颜色、品牌和车牌号。此时他再也无法忍受这可怕的等待与想象，于是发动了引擎。妻子回到楼下时，车已经开走了，老鼠终于从人行道的边沿滑落下来，滚到下坡路上，接着被排水沟里的水冲走了。妻子惊叫起来，但过了好一阵儿才有人来问，她也不知该如何解释。

他一直在城里转到天黑，路上开过几处汽油售罄的加油站，又迷迷糊糊地排进几条等着加油的队伍，于是越发焦虑起来，因为他带的钱快没了，他简直不敢想，要是钱用光了，而车又停在一处加油站前要继续加油的话，那该怎么办。结果这种事并没有发生，但也只是因为所有加油站都准备关门了，还在排队的车辆都是等着加油站第二天重新开门的。所以，现在应该躲开那些还在营业的加油站，这样车就不会停下来了。他开上了一条又长又宽、车辆稀少的马路，这时一辆警车加速赶上了他，经过时车里的警官举手示意他停车。可他又一次陷入了恐慌，并没有停下。他听到警笛声在身后响起，还看到一名穿警服的摩托车手不知从何处现身，就快要追上他了。但那辆车，他的车，轰的一声全速蹿了出去，顷刻间跳上了一条高速公路的入口。警察还在远远地追着他，但越追越远，到了夜幕降临时已不见他们的踪迹，而他的车开上了另一条路。

他很饿。刚才又尿过一次，可他已经羞耻到了感觉不到羞耻的地步。他说起了胡话，什么羞死人啦，人羞死啦，不停地把方向盘歪来歪去，又把字词音节的顺序变来变去，这种无意识的、着了魔的行为，可以在他与现实之间竖起屏障。他没有停下，因为他不知该为了什么而停下。但到了拂晓时分，他在路边停了两回，尝试慢慢地下车，仿佛他和车已经达成某种停战协议，此时该轮到双方证明诚意了。他两次在座位牢牢抓着他的时候低声说话，两次试图哄他的车行行好放过他，两次在那冰冷漆黑的荒野和无休止的大雨中尖叫、狂吼、大哭，直至在盲目的绝望中崩溃。头上和手上的伤口又流血了。他一面压抑地抽泣，像吓破胆的动物一般呜呜咽咽，一面继续开着车，或者继续让车开着。

　　他整夜都在赶路,却不知要去往哪里。他穿过不知名的村落,开过长长的直道,上了几座山,下了几道坡,左转一个弯,右绕一个环。天色开始变亮时,他来到某处废弃的公路,雨水汇聚在路面上的坑洼里。发动机隆隆作响,在泥泞中拖拽着四轮,整个车身都在震动,发出令人不安的声音。天已大亮,太阳虽还未出现,但雨突然停了。公路成了一条路,只是一条路,好像每往前开一分钟,都会在乱石中迷失得更加彻底。世界去哪儿了?他眼前只有山脉,还有低得恐怖的天空。他大喝一声,捏紧拳头捶打方向盘。就在这时,他看到油表指向了零。发动机似乎自行重新启动,把车往前拖了二十米。从这里又看得出这是条通往远方的公路了,可汽油已然耗尽。

　　他的脑门上全是冷汗。一阵恶心攫住了他,使他从头到脚摇晃起来,眼睛似乎蒙上了三层纱布。他摸索着打开车门,想从车内的窒息中解脱出来,就在做出这个动作的同时,或许因为他快死了,或许因为发动机已经坏了,总之他的身体歪向左侧,滑出了汽车,又滑远了些,最后横在石头路上。雨又下了起来。

倒退

Refluxo

　　起初——鉴于任何事物都必须有一个起点，即便这个起点也正是那个不能与它分离的终点，这里说的是"不能"，不是"不想"，也不是"不准"，而是完完全全不可能。如果这种分离是可能的，那么可以想见，整个宇宙都会分崩离析，毕竟宇宙这个脆弱的结构经不住持续的分解。起初——有了四条路。那四条宽阔的公路将全国一分为四，从东西南北四个方位各自开始动工，理论上均呈直线，或者应该说是顺应地球曲率的直线。为了铺设出尽可能完美的直线，人们凿穿山脉，横贯平原，架起梁柱，穿越河流及其流经的河谷。也许是那些建筑师出的主意，或者应该说是他们在恰当的时候接到了国王下达的指令，总之四条公路在距离交点五千米的地方，衍生出了一片公路网络，起初只有主路，很快又有了支路，正如粗壮的动脉必须变作静脉和毛细血管才能继续推进，且这片公路网络以一块边长显然正好为十千米的完美正方形区域为限。同样，该正方形起初（故事开头针对宇宙的观察结论在这里同样适用）只是插在地上的四排界标，之后（在如前所述的四个方位上向内开辟、压平和铺设四条公路的机器从地平线上出现之后）变成高墙，四面墙顷刻间拔地而起，框住了此前就已在建筑设计图板上特地划定的一百平方千米的平地，或者应该说是被夷平的土地，毕竟总要进行一些挖掘作业。正方形的区域设计本是为满足从该地到国家边境距离相等这一根本需求，但也只能说相对合理，幸运的是其合理性后来因发现该地石灰含量极高而得以彰显，就连那些最乐观的专家在被征询意见时都未曾在他们的计划中作出如此乐观的预期——这一切都将为国王陛下再添荣光，当然，如果对该王朝的历史有更多了解的话，一开始就应当预见到这一点：根据受命撰写的史料记载，本朝所有国王永远英明神武，而其他人则昏聩糊涂。那样大的工程原本是不可能实施的，要不是有着这样坚定的意愿以及允许其产生并有望实现的资金——因为国库可以按人头筹集这项宏伟工程所需的费用，为此自然要对全体公民征收捐税，不过并非按照每个人的收入水平，而是按照预期寿命的长短，人们都觉得很公平，也很好理解：活得越久，税越高。

在推进一项规模如此巨大的工程时，人们取得了诸多可圈可点的成就，也遭遇了无穷无尽的麻烦。在完工前，不少一线作业的工人不幸身亡，有的死于塌方；有的从高处坠落，徒劳地在半空中尖叫；有的因中暑而蓦地倒下；有的陡然僵立，淋巴、尿液和血液都冻成了冰冷的石头。所有这些遇难者都是被派往一线的。这时，一位不世的天才、现世的圣人（当然国王肯定是万世的圣人）出现了，他虽然仅仅是一个平平无奇的小职员，但能得到这等美誉既是三生有幸，也是实至名归，因为正是他发现原设计中那些高墙上的大门似乎没什么必要。他说得在理。建造并安装一批日日夜夜、时时刻刻都得敞开的大门简直不可理喻。多亏了这个细心的职员，工程节省下了一些费用，那本是用于建造二十扇大门的——四扇正门，十六扇偏门，沿正方形四边平均分布，按合乎逻辑的位置安装在每面墙上：一扇正门在中间，两边各有两扇偏门。总之，现在没有门了，只在公路尽头留了些出入口。再说，高墙根本不需要这些大门来支撑：它们十分坚固，三米以下的墙体最厚，再往上逐渐变薄，一直延伸到九米高处。无须赘言，每面高墙两侧的出入口自然要按照恰当的间距与从主干道上分出来的支路相通。同样无须赘言，这个简洁至极的几何结构自然会经由恰当的通道与全国的普通道路网络相连。如果一切都能从那里到达所有地方，那么一切也都能从所有地方到达那里。

　　这个有着四条路、四面墙的建筑，是一座公墓。它也将是全国唯一的坟地。这是国王的决定。当一位国王兼具至高无上的伟大与至高无上的多愁善感时，建造唯一的坟地就成了可能。所有的国王都是伟大的，伟大就是他们的定义，他们生来就是伟大的：任何想要拒绝成为伟大国王的国王都不可能如愿（即使在其他朝代有过不伟大的国王，但他们与其他人相比还是伟大的）。然而并非所有国王都是多愁善感的，他们可能是，也可能不是。这里说的并不是寻常百姓那种普普通通的多愁善感（通常表现为眼角的一滴泪或者嘴唇上一阵抑制不住的颤抖），而是另一种多愁善感，一种在五湖四海、历朝历代的史书上都未曾证实存在过的、如此强烈的多愁善感：这种多愁善感使人无法忍受死亡，甚至看不得出殡仪式、丧葬物品和人们或真情流露或逢场作戏的哀悼。这位国王正是如此。就像所有的国王和总统一样，他必须亲临领土各地，抚摩事先循例选来参加典礼的孩子们，接过已由秘密警察检验是否藏有毒药或炸弹的花束，再剪断几根纯色无毒的彩带。所有这些以及其他许许多多的事，国王其实都愿意做。可是，每次访问都给他带来了莫大的痛苦：死亡，到处都是死亡，以及死亡的征兆，如松柏的尖顶，寡妇的黑头巾，最令国王痛苦得无法忍受的是，常有丧葬队伍突然出现于他正在经过或正要经过的地方，有时是因为负责的官员罪不容恕的疏忽，有时是丧葬队伍延迟或提早出发的缘故。每次访问之后，国王总会焦灼不安地回到王宫，满心以为自己即将死去。别人的哀伤与他自己的焦虑一直折磨着他。终于有一天，当国王在王宫最高的露台上小憩时，他远远地看到（因为那不仅是整个王朝历史上最晴朗的一天，更是整个文明历史上最晴朗的一天）四面熠熠生辉、轮廓分明的白墙，于是有了主意：建造一座全国唯一、地处中心且强制全民使用的公墓。

那真是一场可怕的变革，因为数千年来该国早已习惯于将死者埋葬在字面意义上低头或开窗就能看到的地方。但是那些害怕变革的人很快又担心起随之而来的大乱，因为国王的奇思妙想远不止于此（通常也只有国王的奇思妙想能够如此稳健而迅速得以实现），以致这在某些搬弄是非的小人口中成了"痴人说梦"：他下令无论腐烂程度如何，全国所有坟地里的尸骨都必须清出来，一具具装进新棺材，然后运去那座公墓埋葬。就连皇陵里国王先祖的尸骨亦不能免：人们将会在那里新修一座纪念堂，建筑风格也许会借鉴古埃及金字塔，等到国家再次归于往日平静时，那些曾经头戴王冠（这有赖于他们中的第一位曾使用言语和武力制服了其他所有人并宣布:"我要在头上戴一顶王冠。快快去做。")的尊贵尸骨将被隆而重之地沿着无数臣民夹道缅怀的北主干道运走,最终在那座公墓里永远安息。有人断言,这道秉承平等主义的敕令为平息至亲遗骸被剥夺后的燎原怒火起到了最为关键的作用。当然,另一个原因也不容忽视,那便是此事反而正中相当一部分人的下怀,他们虽未明言,但其实早就认为那些重规叠矩通过奴役生者使死者变成某种介乎生命与真正的死亡之间的过渡存在,实在没什么意思。总之,忽然间大家都开始认同国王的主意是人类能够想出的最棒的主意,再没有哪个国家可以为拥有如此伟大的国王而骄傲,而既然这样一位国王注定降生于此,君临天下,那么举国臣民理应心悦诚服,死者的在天之灵也会得蒙慰藉。各国历史上总要有一个令全国上下欢欣鼓舞的时刻,那就是这个时刻,属于这个国家的时刻。

公墓终告竣工之时,迁葬行动浩浩荡荡地拉开帷幕。起初还算容易:已有的数千个大大小小的坟地也都是以四墙为限的,换句话说,只需将墙内的土地按规定挖到比较保险的三米深,一立方米一立方米地把土里的一切都清出来,包括骸骨、腐烂的木板、挖掘机挖断的残肢等;然后把它们随机放进各自大大小小的棺材里,小的能装最瘦弱的新生儿,大的能装最魁梧的成年人，有多少装多少，哪怕拼不出全尸，哪怕挖出来两个头骨、四只手，或者几根肋骨，或者一只坚挺依旧的乳房、一截干瘪的肚肠，哪怕是佛祖的一小片灵骨、佛牙舍利或圣徒的肩胛骨，或者是圣雅纳略奇迹之瓶里丢失的血液[1]。根据规定，遗骸的任意一部分都可代表死者入殓。很快，这场无限葬礼的参与者们井然有序地从全国各地络绎赶来，自村庄、乡镇和城市出发，从小路走上大路，直至进入全国普通道路网络，再经由专门建造的通道，走向那些后来被称为"亡者之路"的公路。

如前所述，起初没什么问题。但后来有人意识到（不知道说出真知灼见的这个人是否正是尊贵的国王陛下）在这道公墓敕令发出之前，死者可以被埋在任何地方，在高山上，在河谷中，在教堂庭院里，在树荫下，在死者生前住房的地板下，或在任何方便埋葬的地方，只要比犁头插进去的深度再深一点儿就行。战时则更不用说，巨大的乱葬岗中常有成千上万具（虽说这也许已经算是比较少的了，毕竟即便在这位国王治下也免不了会有战争）尸体，它们来自世界各地，有亚洲的、欧洲的，还有其他大

1　圣雅纳略是4世纪时的罗马天主教殉道者，圣人的血液至今存放在那不勒斯主教座堂的一个玻璃瓶中，在每年的三个特别纪念日，信众都会聚集到教堂见证血液液化的奇迹。

陆的，因此这些尸体都被草草掩埋了事。不得不承认，当时全国一度对迁葬行动的可行性半信半疑。国王本人（尽管也许后来的解决办法正是他想出来的）并没有强行压制这些流言蜚语，只是因为他太仁慈了，不会这样做。由于显然不可能像之前挖那些坟地一样把整个国家从里到外挖个遍，因此，某日一道敕令昭告天下，学者们被召至御前，聆听国王陛下亲口宣旨：速速发明能够探测地下尸骸的仪器，就像之前发明探测水源或金属的仪器一样。学者们遂开会讨论，很快达成了共识：解决这一问题确实意义重大。他们花了三天时间集体讨论，然后每个人都把自己关进各自的实验室里去了。国库再次开启，向全国征收了一项新的捐税。问题最终得到了解决，但解决过程往往并非一蹴而就，这次也不例外。举个例子，有位学者发明了这样一种仪器，一旦探测到躯体就会发光并鸣叫，只是有个致命的缺陷，即无法区分活体和死体。由于这种仪器得由活人来操作，因此运行时仿佛中邪一般，尖叫不断，指示灯疯狂闪烁，被周围活人和死人的信号来回拉扯，最终根本无法提供任何可靠线索。整个国家都因此讥笑这位科学家愚蠢透顶，然而几个月后，他向仪器中导入了某种记忆或执念，成功解决了这一问题，人们转而对他大加褒奖——只要静心聆听，就能察觉到仪器内部不断重复着一个声音："我必须只找到尸体或遗骸，我必须只找到尸体，或遗骸，尸体，或遗骸，或遗骸……"

幸运的是，这种仪器还有一个缺陷，下面就要讲到了。仪器刚一投入使用，人们就发现，这回它又无法区分人类尸体和非人类尸体了，但这个新的缺陷反倒是件好事（这也是先前使用"幸运"一词的原因）。当明白过来自己正是因此而逃过一劫时，国王不寒而栗：确实，所有的死亡都是死亡，当然也包括非人类的动物死亡；只把死人从眼前挪走毫无意义，因为还是随处可见倒伏的死狗、死马、死鸟，以及其他许许多多动物；也许昆虫可以排除在外，因为昆虫只能算半个生物（彼时全国的科学家都坚信这一点）。一声令下，大探测行动开始了，这真是一项经年累月的伟大事业。探测器没有放过任何一寸土地，哪怕是那些记忆中从未有人居住过的地方：包括最高的山峰；包括最深的河流，结果真在淤泥下找到了成千上万的溺亡尸体；包括最隐秘的树根，有时会在其上找到被缠住的尸体，它们生前显然是计划或碰巧想要从那里获取树汁。当然也包括那些"亡者之路"，人们不得不把许多段路面掀起来，再重新铺好。终于，王国得以从死亡中解脱。国王亲口庄严宣布：全国已从死亡中净化（这就是他的原话）。那一天也就成了举国欢庆的节日。每年的这一天里，由于

意外灾害和暴力事件等，总会有相当数量的超额死亡，对此国家
生命管理局（当时就是这样命名的）有着快捷先进的解决途径：
一旦确认死亡，他们就会立刻抄最近的路把尸体运上伟大的"亡
者之路"，因此那里自然便成了各种意义上的"无人区"。国王
再也看不见死亡，从此过上了幸福的生活。至于臣民，当然要去
习惯这一点。

首先要恢复的是往日的安宁，即自然死亡带来的安宁，许多
家族正因如此才得以连续几年不必举丧，如果不是所谓人丁兴旺
的大家族，安宁则会持续得更久。可以毫不夸张地说，整个迁葬
行动其实就是一场真正意义上的全国性哀悼，这种哀悼来自大地
深处。在那些年的悲伤岁月里，任何胆敢露出笑容的人必然会被
斥为丧尽天良：笑是不对的，因为这时你的一位亲戚，哪怕是远
房亲戚，哪怕是你表亲的表亲，正从坟地里被挖出来，可能是囫
囵个儿，也可能是零零碎碎的，或者正被挖掘机高举着铲斗倒进
新棺材里，就像工人们填充进糖果或砖头的模具一样，有多少装
多少。在那场经年累月的迁葬行动中，人们脸上常常带着那股高
贵而宁静的悲伤；而如今笑容又回来了，先是微笑，然后是大
笑，还有继讽刺和幽默之后的冷笑和讥笑。这一切的回归使得
这个国家重新有了生命的迹象，或者说重新暗中展开了对抗死

亡的斗争。

但是，这种安宁不仅仅是由于灵魂在经受巨大冲击后重又回到了原有轨道，更是一种身体上的安宁，因为语言根本不足以形容活人到底为如此漫长的迁葬行动付出了多少劳作。其中既包括土木工程（从铺设公路到修建桥梁、隧道和高架），也包括科学研究，由此人们已经积累了一定的研究成果。然而绝不止这些，迁葬行动还涉及木材业，先要砍伐一片又一片森林里的树木，然后加工木板，再加速烘干，最后建造大型机器，利用流水线组装骨灰盒和棺材；既然说到了机械流水线，那么自然还有临时转型的金属加工业，负责生产大量机器设备及其零部件，包括最基础的铁钉与合页；还有纺织业和布艺业，负责制作棺材的衬里和缎带；还有石材业，一时间开始对土地大动斧凿，以满足墓石和墓碑的庞大需求，它们有的雕饰繁复，有的简简单单；还有普遍依赖人工的小型行业，例如用黑漆或金漆描画碑文的，制作烤瓷遗像的，打锡的，烧玻璃的，扎假花的，做蜡烛和高香的，等等。不过，也许投入最多的还要数运输业，否则其他任何工作都无法推进。语言同样不足以形容出运输业工作量之巨，首先不得不从最初一环（卡车和其他重型车辆制造业）开始转型改造，修改生产计划，组建新装配线，最终把棺材运去那座公墓。试想一下调度计划表该有多么复杂，要考虑路程远近，要错开往返时间，要应对那川流不息、车流量持续增加的交通，还要使所有这些不影响到活人的日常出行，无论是工作日还是假期，是上班还是休闲。配套基础设施建设当然也不能落下：沿途供卡车司机吃饭睡觉的餐馆和旅店，大型车辆的停车场，缓解身心压力的娱乐场所，电话亭，急救和治疗设施，电子和机械维修车间，以及提供柴油、机油、汽油、轮胎和零部件的加油站，等等。而这些显然又将其他更多行业拉入了一个互促共进的循环之中，从而在处于生产曲线最高点和充分就业的情况下创造了大量财富。当然，大萧条难免随后而至，不过没有任何人感到惊讶，因为经济学家对此早有预测。此外，大萧条的负面影响很快就被充分抵消掉了，因为社会心理学家也早有预测，人们在忙碌过头之后会不由自主地产生休息的欲望，而大萧条正当其时。国家自此真正回归了正常状态。

公墓位处国家几何中心，向四面八方开放。在这一百平方千米的土地上，只有远不及四分之一的墓地埋上了运来的尸体，于是一帮数学家竭力试图举着他们的演算稿来辩称，用于迁葬的土地面积本就应当有这么大，因为要算上自该国有人居住以来全部死亡人数的估计值，还要算上每具尸体的占地面积平均值，这还没算上那些已经化土成灰、无法复原的呢。这一难解之谜（且不论这是否真是个谜）就像化圆为方问题或立方倍积问题一样，最终成了后世的消遣，总之生物学的相关学者已在御前证实，整个国家不再有任何一具称得上是尸体的尸体需要迁葬了。国王深思熟虑，在信与不信之间徘徊良久，随后降下这样一道旨意，所有争论就此终结——对他来说，决定性证据是他从各地访问归来后终于安下的那颗心——如果他再也看不见死亡，那么只能是因为所有死亡均已匿迹。

虽然起初的计划更加规整合理，但迁葬行动最终还是反过来从公墓边缘向中心推进的。尸体起先埋在门洞旁和墙根下，然后沿着某种曲线往中间埋，这种曲线一开始几乎是完美的径向，日子久了便成为摆线，不过这也只是过渡阶段，至于未来会呈何种走势，不在本文所述之列。然而，这个与外部隔绝、四边蜿蜒分布的所谓内部框架，早在迁葬过程中就开始以几乎镜像的形式在墙外投射出了一个活人世界。这件事颇为出人意料，但也不乏有人声称，只有傻瓜才想不到。

最初的迹象（就像一颗极微小的孢子，之后会长成一簇簇、一团团、一丛丛密密麻麻的植物）是一顶临时搭在南墙偏门外的帐篷，帐篷里售卖果汁和烈酒。过路司机哪怕在来的路上已经休息过了，也乐得在那里再歇歇脚。随后，那里和其他门洞外开起了更多小店，售卖与之相同或相似的商品；在哪里开店就得在哪里安家，一开始只有草草架起的小屋，后来用上了更加坚固耐久的材料，例如砖块、石头和瓦片。顺带一提，从这第一批建筑开始，人们就可以借助某些细微的证据，分辨出正方形四边的社会阶层（如果可以这么说的话）。尽管国王已降下极大的恩典，但该国还是与其他所有国家一样，人口的地理分布并不均匀，人民的财富也不均等：有富人，也有穷人，两个群体按照普遍规律分布。穷人吸引着富人分布在某个对于富人来说最有效率的距离上；反之，富人也吸引着穷人，然而该效率值（算式中的常数分母）却并不对穷人有利。也许是因为这条普遍规律在死人世界同样适用，在最初的迁葬行动之后，公墓四墙之内便开始分化，同时也在墙的另一侧对应呈现。其实原因几乎没必要解释。北部地区是全国富人最多的地方，因此公墓北边的坟茔个个气派，社会面貌与其余三边截然相反，尤其是南边，那里埋葬的尸体来自最贫穷的南部地区。东边和西边总体上看也同样如此。该是什么样就是什么样。同时，墙外的情形也与墙内大体一致，尽管对比并没有那般清晰。举个例子，正方形各边都很快涌现出许多花商，但他们卖的花却不同：有的展示和售卖名贵花卉，那些花只能在花园和温室里花大价钱培育出来；而有的只是小老百姓自己从附近田野里摘来的野花。卖花的是这样，公墓外围的一切也都是这样，这并不奇怪，淹没于成堆的申请和投诉之中的工作人员如是说道。须知公墓拥有一套复杂的管理体系，执行独立预算，雇有数以千计的掘墓人。起初，各部门人员都住在正方形的中心部分，离外围坟地还很远。但很快就出现了各种各样的问题，例如阶级差异、物资供应、学校教育、医疗卫生、妇产生育等。该怎么办？要在公墓里建一座城市吗？这就意味着退回到了起点，更别说再过上些年头，这座城市就会和公墓互相侵占，坟茔将挤压街道的空间，或者干脆取代街边的建筑，街道则不得不绕过坟茔，另寻土地建造住宅。这还意味着退回到了从前活人与死人混居的状态，况且如今一切发生在一个边长十千米，几乎与外界隔绝的正方形之内，所以情况只会更糟。因此，这是一个非此即彼的选择：要么让一座死人的城市包围一座活人的城市，要么让四座活人的城市包围一座死人的城市。政令明文作出了选择（这个选择背后最重要的原因是，并非每一个送葬的人都能立即动身，踏上漫长而劳顿的回程，要么是因为早已精疲力竭，要么是因为一时舍不得与至亲至爱分别），四座外围城市随即经历了一场加急的城市化，因此毫无章法。有旅店，每条街上都有，各式齐全，从一星级、二星级、三星级、四星级、五星级到豪华级，有大量妓院，有教堂，包括所有合法宗教和部分地下宗教，有小型便利店和大型百货超市，有无数住宅，还有办公楼、机关大楼和各种市政设施。接着又有了公共交通、警察机关，人员被迫流动和交通堵塞的问题，以及一定数量的违法犯罪行为。只有一条没变：要让活人看不见死人，这样的话，活人的任何建筑物都不能高过九米。但这个问题后来还是得到了解决，某位建筑师另辟蹊径：高于九米的建筑配上高于九米的围墙即可。

时光荏苒，公墓四墙已然面目全非：它们不再像最初那样笔直平滑地绵延四十千米，而是出现了不规则的锯齿形，且其分布密度和高度在四边同样有所差异。没人记得那是什么时候的事了，总之最后人们觉得还是有必要给公墓装上大门。那个提议不装大门以节省开支的职员早已死在了公墓里，所以无法再去声辩他那曾经合理的主张，更何况如今那主张也站不住脚了，就连他本人都得摸着良心承认：到处都开始传言，有来自冥界的幽魂显灵——除了装上大门，还能有什么办法呢？

就这样，四座计划之外的巨大城市横插在了王国与公墓之间，各自面朝四个方位，它们最初被叫作北方公墓、南方公墓、

东方公墓和西方公墓，后来才被正式冠以更亲民的名字，依次为
一号、二号、三号和四号，因为没人能想出比这更富有诗意或
更具纪念意义的名字了。四座城就是四道屏障、四面活墙，包围
并守护着公墓。公墓则是整整一百平方千米几乎完全的寂静和孤
独，外面围着熙熙攘攘的活人，围着叫喊声、鸣笛声、笑声、断
续的谈话声、发动机的隆隆声，围着细胞无休无止的窸窣声。许
多年过去了，如今前往公墓的旅途已不亚于一次探险。再无人能
够复原往日城内那些笔直的公路。要指出它们从前铺设在哪里也
不难：只消站在任意一边的正门处即可。然而，除了几块较大的
路面还依稀可辨，公路的其余部分均已消失在横七竖八的建筑与
街道中，横七竖八是因为开始修建时未曾规划，后来又把新的盖
在了旧的上面。只有在空旷的田野上，那些公路依然是曾经的
"亡者之路"。

于是该来的还是来了，真正有待搞清楚的问题只是谁起的
头，以及什么时候起的头。随后进行的一项简易调查证实，那是
发生在二号城市（二号城市朝南，正如前文所述，是所有城市中
最贫穷的）近郊的一系列案件：一些人把尸体埋在了自家小院生
机勃勃、逢春又生的花草下面。就像那些伟大的发明也往往于水
到渠成之时在好几个大脑中同时闪现一样，与此同时，在王国几

处人迹罕至的地方，另一些人出于各种各样的，有时甚至完全相反的原因，决定将死者就地掩埋，或埋在山洞里，或埋在林间小路旁，或埋在背风坡上。例行检查在当时已经少之又少，多的则是受贿的工作人员。因此统计局宣布，根据官方记录，死亡人数显著下降，人们自然很快将其归功于政府遵照国王重要指示而推行的医疗政策。四座公墓城也受到了死亡人数下降的波及。某些行业遭遇重创，破产的不在少数，只不过有些纯属欺诈性破产。人们终于意识到，国王的医疗政策再好，也不可能使人长生不老，为此国王还颁下一道严苛至极的敕令以压制臣民。然而没有起到多大用处：短暂的回光返照过后，城市不再发展，直至最终衰亡。渐渐地，慢慢地，王国开始重新住满死人。最后，那座巨大的中央公墓变得只接收来自周围四座城市的尸体，而那四座城市也越来越荒凉，越来越寂静。可是这一切，国王没有看到。

国王已经很老了。有一天，他又来到王宫最高的露台，尽管老眼昏花得厉害，但他还是看见，有棵松柏的尖顶越过了四面白墙，也许是长在院子里的，也许是死亡的象征，也许不是。然而世上有些事情，尤其是人到了很老的时候，很容易就能明白。国王把人们向他汇报和隐瞒的所有消息和传言在脑海里整合起来，发现该到他明白的时候了。国王循例下到了御花园，身后只跟着一名卫兵。国王穿着拖地的皇家披风，缓慢地沿林荫道走向森林隐秘的最深处。那里有一片空地，他躺下了，躺在干枯的落叶上，躺着看向那名跪地的卫兵，在临死前说道："就这儿吧。"

东
西

Coisas

那扇门又高又重，关上时划伤了职员的右手背，留下一道伤痕，红红的，但没怎么出血。表皮不均匀地破开，有几处出血点高高肿起，随即疼了起来，伤人的不知是门上的尖刺还是糙面，但想必没有在划伤皮肤时持久地施加压力，否则他手背上的就是开放性伤口了，不仅会皮翻肉卷，也会迅速涌出血液来。十分钟后职员就要进入那间小办公室换岗并坐上整整五个小时的班，在那之前，他还是先去医务局（ywj[1]）快速处理了一下伤口：他的工作是要接待公众的，可不能把这么难看的一道划痕露出来。男护士了解到前因后果，在给伤口消毒时告诉他，这已是当日的第三起了。都怪那扇门。

"我看那门迟早得拆掉。"护士补充道。

1　原文中出现了多处类似的写法，即便照理无须缩写，也都在词后的括号内附上小写的首字母，例如原文"serviço médico (sm)"，因而译文也作相应处理。

护士拿了把小刷子，往伤口上涂了一种无色液体，液体转眼就干了，与皮肤融为一体。

不仅如此，那液体的质地也厚重得让人猜不出下面有什么。只有凑得很近仔细看时，才能看出皮肤上盖了层东西。乍看之下，一丝伤痕也没有。

"明天您就可以撕掉薄膜了。满十二个小时就行。"

护士看上去忧心忡忡的，开口问道："您听说了那张沙发的事吗？就是候诊室里那张大沙发。"

"没有，我刚到，来换下午的班。"

"他们没办法，只能把它搬到这里来了。这会儿在隔壁病房呢。"

"怎么回事？"

"具体是怎么回事，我们也不知道。医生当场就给它做了检查，但没有写诊断书。当然也确实没这必要。一位坐过它的公民去投诉，说那沙发坐起来热得过分。他说得没错，我也去坐了坐，果然如此。"

"质量问题吧？"

"对。估计是。温度升得太高了。要是在其他情况下，哦，这也是医生的原话，温度这么高肯定是发烧了。"

“嗐，又不是没有过。我两年前就听说过这种事。我的一个朋友无奈之下只能把一件几乎全新的风衣退回厂里去。他穿着热得受不了。”

“然后呢？”

“没有然后了。工厂给他换了件新的。他就没理由再去投诉了。”

他看了看表：还有十分钟。怎么还有十分钟？他正想发誓说，明明手受伤那会儿就不多不少离上班正好十分钟。不过自己今天进单位大楼时，确实忘了像往常那样查看手表时间。

“我能看看那张沙发吗？”

护士推开一扇玻璃门。

“就在里面。”

那张沙发很长，可以坐四个人，尽管已有用过的痕迹，但总体还算不错。

“您想坐坐看吗？”护士问道。

职员坐了下去。

“怎么样？”

“还真是，太难受了。治疗见效了吗？”

“我每小时给它打一次针。目前还没见有什么起色。现在该给它再打一针了。"

护士准备好注射器，从一只大号安瓿瓶中吸出药水，然后飞快地将针头扎进沙发。

"要是它好不了呢？"职员问道。

"到时候看医生怎么说吧。这可是特效药。要是连这都没用，那真是无药可救了，只能把它送回厂里。"

"好吧。我要去上班了。谢谢。"

在走廊上，他又看了看手表。还是十分钟。是表停了吗？他把表贴在耳边：嘀嗒声依然分明，只是减弱了些，但指针却不在走。他知道自己迟到很久了。他讨厌迟到。公众倒是不会受影响，因为只要他还没到，和他换班的那个同事是不可以离开办公室的。在推门之前，他又看了一下手表：还是那样。听到他进来，同事站起身，朝等在柜台窗口外面的人们说了几句，然后关上了窗。这是规定。职员间的交接其实用不了多长时间，但柜台窗口都必须关上。

"您迟到了。"

"确实确实，对不起。"

"已经过了一刻钟了。我得打个报告。"

"那是自然。全怪我的表，它不走了。可奇怪的是，它还在运转。"

"还在运转？"

"不信？来，您瞅瞅。"

二人都看了看表。

"还真是奇怪。"

"您瞧那指针。指针没在走，但是能听到嘀嗒声。"

"对，是能听到。您迟到的事我就不打报告了，不过我认为您应当和上面反映一下手表的问题。"

"当然。"

"最近几周发生了好多奇怪的事情。"

"政府（zf）对此相当重视，一定会采取行动的。"

有人敲了敲柜台窗户上的乳白色标牌。两名职员签好了考勤表。

"当心那扇大门。"留下坐班的那个提醒说。

"您也伤到啦？那您就是今天的第三个了。"

"还有张发烧的沙发，您知道吗？"

"大家都知道。"

"真奇怪，不是吗？"

"是啊，不过也不稀奇。周一见。"

"周末愉快。"

他打开柜台窗户。只有三个人在等。他先是按照规定道了歉，然后从队首那位衣着得体的高个子中年男人那里接过身份证，插入读卡器，查看屏幕上亮起的核验通过标志，最后递还证件。

"好的。请问您有什么需要？烦请简要说明。"

这些也是规定的接待用语。

客户不假思索地回道："我会简单讲的。我要一架钢琴。"

"目前这种物品的订单量很小。请您告诉我它是否为必需品。"

"是哪里有问题吗？"

"就是原材料有点儿问题。您什么时候要？"

"十五天之内。"

"就算此时此刻去给您摘月亮，恐怕都比这要容易。钢琴所需的原材料都得是高规格、高品质的，啊，也就是高度稀缺的，这么说也许您更能理解。"

"这架钢琴是买来做生日礼物的。明白了吗？"

"明白。不过您还是应该早点儿来订货的。"

"能来我早来了。但您别忘了，我的公民用户等级属于最高的几级。"

用户一边说着，一边张开右手，掌心朝上，展示那里文着的一个绿色字母C。职员看看这个字母，然后又看看屏幕上依然亮着的核验通过标志，点头以示肯定："已为您做好记录。您的钢琴将在十五天后送达。"

"非常感谢。我是全额付款呢，还是只付定金就可以了？"

"付定金就可以了。"

用户从口袋里取出钱包，把要交的钱放在柜台上。这些长方形钞票由细腻柔韧的材料制成，颜色统一，只是深浅不同，上面那些小小的头像标志也各不相同，以区分面值。职员清点了数目。在他整理好钞票，正要放进收银机时，其中一张突然打起卷来，裹住了他的一根手指。客户说："我今天也遇到过这种事。印钞厂应当进一步严格要求才是。"

"您打报告了吗？"

"那当然，这是我应该做的。"

"很好。这样监察局就能比对两份报告了，一份您的，一份我的。这些凭据您收好。日期标在上面，到时去交货局就可以了。不过既然您是C级公民，钢琴想必会直接送去您家里。"

"我订的货都是这样派送的。午安。"

"午安。"

五小时后，职员又一次来到了大门口。他伸出右手去拉门把手，仔细估算了距离，然后迅速打开门走到另一边，平安无事。伴随着一种听来好似叹息的闷响，那扇门在缓冲器的作用下，关闭得十分缓慢。快要入夜了。值下午班还是有些好处的：接待的客户等级更高，订购的产品质量更好，又不用早起。不过冬天的白昼很短，无论是早起还是晚归，每每从灯火通明的楼里走向昏黑的街道，总不免有些郁闷。可是现在呢，虽然天空阴沉得反常，但夏末时分气温宜人，散会儿步正好令他身心舒畅。

他住得不远。走完这点儿路到家时，城里的天往往都还没有完全黑下来。无论下雨还是晴天，他都会徒步走完这几百米，因为按规定出租车不可以载这么短途的客人，也没有哪辆公共汽车经停他家所在的街道。他把手伸进大衣口袋，摸到了那封信，先前他出门去特需局（txj）上班时忘了把它投进邮筒。他攥着信不放，免得又忘了，然后沿着台阶走进地下人行道，从那儿可以走到马路另一边。在他身后有两个女人正在聊天：

"你肯定想不到我丈夫今天早上怎么了。还有我，不过他确实比我先注意到发生了什么事。"

"这种事真叫人抓狂。"

"当时我俩都吓得张大了嘴，大眼瞪小眼。"

"可是一整晚你俩都没有听到动静的吗？"

"没有啊。他和我都没听到。"

声音消失了。两个女人已经拐进另一个方向的地下通道。职员嘀咕道："她们在说什么呢？"这让他想到今天一整天的所见所闻，想到口袋里攥着信的右手，想到大门在手上划下的深痕，想到发烧的沙发，想到手表还在嘀嗒作响，指针却停在了上班前十分钟，还想到那张裹住他手指的钞票。此类事件一直都有，倒没什么严重后果，就是不大方便，不过有些时候也太频繁了，令人恼火。尽管政府（zf）有所行动，但从未真正将其杜绝，当然其实也没人指望能够办到这一点。曾几何时，制造工艺已臻完美，瑕疵再难一见，但政府（zf）明白最好为公民用户（至少是为A、B、C级公民）保留投诉这一合法的意愿与乐趣，反正工业管理系统一向稳定。也正因如此，工厂接到指示，可以降低生产标准。然而，过去这两个月泛滥成灾的劣质产品却不能怪那些指示。他就在特需局（txj）供职，当然知道政府（zf）早在一个多月前就撤销了指示，并且制定了最高质量标准。可是毫无起色。在他记忆里的所有事件中，大门这次无疑是最令人不安的。它不像别的东西那样只是一件普普通通的用品（比如进门处的那张沙发，虽然沙发也算是件重要的家具），而是一种体积庞大的东西。当然，那张沙发也不算小。但关键是，沙发只是室内陈设，而大门则是整栋建筑的组成部分，甚至可以说是最重要的部分。说到底，正因为有了这扇门，一个原本仅仅是有边界的空间才能成为一个闭合的空间。最后，政府（zf）成立了专家组，负责调查相关事件，并且提出应对措施。专家组配有最高精尖的计算设备，成员不仅包括电子学家，还有社会学、心理学和解剖学领域的权威专家，他们的助阵在此等情况下不可或缺。任命公文规定，专家组需以十五日为限提交调查报告和应对措施。还剩十天时间，而情况显然已进一步恶化。

雨开始下了，在半空中轻飘飘的，像是水做的尘埃。职员老远就看见那个他要寄信的邮筒，心想："这回可不能忘了。"旁边街角转过来一辆大卡车，车身覆着广告，正从他面前驶过。上面写着几个大字："地毯地垫"。那正是他从未实现的梦想：给家里铺上地毯。但总有一天会实现的，只要一切顺利。卡车走了。邮筒不见了。职员以为自己迷了路，以为是刚刚看见广告后想地毯想得魔怔了，走偏了方向。他惊奇地四下张望，同时又惊奇地发现自己没有感到害怕，只是有种隐隐的不安，或是焦躁，就像解一道逻辑题时差一点儿就要得出答案的感觉。那里没有邮筒，连一点儿痕迹也没有。他走到邮筒本该在的位置，这么多年来它一直在那里，筒身漆成蓝色，投递口开成长方形，那是一张永不闭合的嘴，沉默无言，仅仅作为通往胃袋的入口。邮筒曾经竖立的那片土壤有被稍稍动过的痕迹，还没有淋湿。一名警察跑了过来："您见着它消失了吗？"警察问道。

"没有。但差点儿就见着了。要不是有辆卡车从我面前经过，我肯定能看见。"

警察在笔记本上记着什么。接着他合上本子，用脚拨开一块从地洞里翻到地面上的土块，脱口而出："要是一直盯着的话，那邮筒说不定就不会消失了。"

然后他走了，一边用手拨弄着枪套。

特需局（txj）职员知道还有个邮筒，在整个街区绕了一大圈，才找到在哪儿。这一个倒没有消失。他赶紧把信投进去，听着它掉入底部的网袋里，然后沿原路返回。他想："要是这个邮筒也消失了呢？那我的信会去哪儿？"困扰他的倒不是寄信本身（寄信不过是平常做惯了的一桩小事），而是这个可以归结为形而上的问题。他在烟草店买了份晚报，折好后塞进了口袋。雨下大了些。邮筒消失的地方已经积起了一个小水洼。一个女人撑着伞，拿着封信走过来。直到最后一刻，她才发现不对劲。

"邮筒呢？"她问道。

"不在这儿。"职员回答。

女人发火了。

"他们不能这样。居然不事先通知居民，就把邮筒弄走了。我们大家都应该去投诉。"

她转身便走，一边大声表示将于次日提交投诉。

职员住的公寓楼就在附近。他心惊胆战地开了门，却又在心里埋怨自己："难道以后我看见门就要发怵不成？"他打开楼梯间的灯，向电梯走去。只见铁栅门上挂着一块标牌，上面写着："故障"。他恼起来，倒不是因为得去爬楼梯（他就住二楼），而是因为上个礼拜楼梯的第五段缺了三级台阶，这样一来，上楼时就得格外小心，还更费力气。是日供局（rgj）出了问题。放在平时，他一定会说这是因为管理人员尸位素餐。要么就是因为订单太多忙不过来，或者是人手不足，或者是原料不够。然而眼下想必另有隐情，但他不愿细想。他慢吞吞地爬着楼梯，好为接下来这个小小的，又不得不做的高难度动作做好心理准备：他先要劈开两腿，然后猛地发力，才能一步跨过那处缺了三级台阶的空洞，而且是要从下往上跨过去，难度无疑更高了。这时他才发现，那里少了不止三级台阶，而是四级。他又开始埋怨自己，这次是怪自己健忘。几次尝试失败后，他终于跨了上去。

他单身独居，自己做饭自己吃，衣服送去外面洗，对工作也很满意。总体而言，他自认是个知足的人。他怎么会不知足呢：国家井然有序，上下各司其职，政府（zf）执政有方，尤其在产业转型方面积累了丰富经验。至于最近的这些问题，也终究会解决的。因为吃饭还早，所以他便坐下来看报纸——话说回来，他总是这样，会下意识地解释原因，哪怕根本没有必要，或者说是他没有意识到根本没有必要。头版刊登了一则政府公告（zfgg），谈及近来多种物品、器具、机械、设备所出现的故障，承诺相关问题即将得到解决，民众无须恐慌，同时再次通报了专家组的工作，提到了一位超心理学专家的新近加入。至于有东西消失的事，只字未提。

他仔细把报纸折好，放在脚边一张矮桌上，看了眼墙上挂钟的时间：离电视节目开始还有几分钟。他的日常生活规律都被那一系列事件打乱了，特别是邮筒的消失使他耽搁了好一阵儿。平常他总能有空把报纸从头到尾读完，然后简单做一顿晚餐，在电视机前坐下，边吃边听新闻。接着把盘子、杯子、刀叉勺子端去厨房，再回到椅子上舒舒服服地坐下，看看电视，打打瞌睡，直到节目播完。他问自己今天该怎么办，同时并未想要找到答案。

他伸手打开了电视机：一阵哐哐声过后，屏幕渐渐亮起，最后出现一幅校准图像，由横线、竖线、斜线和深浅不一的小格组成。他任凭自己心不在焉地看着那幅图，仿佛已被它一动不动的样子所催眠。他起身点烟（坐班时他从不吸烟，有规定），然后又坐下了。这时他想起手表来，便看了看：还是不转，而且嘀嗒声也听不见了。他慢吞吞地解开黑色表带，把手表搁在桌上，和报纸放在一起，深深地叹了口气。噼啪一声巨响，引得他迅速回头。

"是某件家具。"他心想。几乎就在相隔不到一秒钟的同时，校准图像消失了，原处闪电般地出现一张孩童的脸，双眼睁得大大的，一直退向深处，退向后边，退向远方，很远很远，最后仅仅成为一个光点，在漆黑一片的屏幕中心跳动。校准图像很快又重新出现了，只是微微颤抖，起伏不定，好似水中的倒影。职员抹了把脸，惊疑不定。他拿起电话打给广电局（gdj），那边接起后，他问道："请问一下，刚才校准图像出现的这种干扰是怎么回事？"

一个男声干巴巴地回答："未发生任何干扰。"

"抱歉，可是我明明看见了。"

"无可奉告。"

电话挂断了。"我一定是有什么地方按错了。这样一切就都说得通了。"他自言自语道，然后坐回电视机前，发现校准图像又回到了令人昏昏欲睡的静止状态。只听见一连串的噼啪声，比之前还要响。他辨别不出声音是从哪里发出来的，听上去既很近，又很远，好像在他脚下，又好像在楼里的某个角落。他又一次站起身，去开窗户：雨已经停了。话说现在本就不是下雨的时候。一定是气象局（qxj）的资料出了什么差错：夏天的这几个月里从来就没下过雨。他从窗口可以远远地看见那个曾经立着邮筒的位置。他将肺部吸满空气，望向此刻洁净如洗的天空，能看见星星了，当然只有那些最亮的，那些在市中心的灯光映照下依然看得见的。就在此时，节目开始了。他坐回椅子上，想听听开头的固定新闻栏目。一位满脸绷着假笑的女播音员预告了今晚的节目表，紧接着响起一串音阶，这是新闻的前奏。然后，一位面容憔悴的男播音员宣读起一则政府公告（zfgg），比报纸上那份要新一些。内容如下："敬告全体公民用户，近来在某些物品、器具、机械、设备（简称'微厄'[1]）上，异常瑕疵愈加频发，政府（zf）已委任专家组对此展开深入调查，日前新增一位超心理学专家。公民用户应坚决抵制任何散布谣言、夸大其词、妖言惑众

1　原文这四个单词的首字母缩写为"oumi"，读作"欧米"。此处译文为可读性计，改取"物、器、机、设"的韵母，缩写为"ùîiè"，读作"微厄"。

的行径。如遇上述微厄（物品、器具、机械、设备）消失，应保持冷静。从今往后应提高警惕，防止任何微厄离开监视范围。政府（zf）表示，当务之急是在任意微厄消失之时将其当场抓获。如有公民用户能够提供详细情报或中止微厄消失，将荣获先进个人称号，低等公民还可获升C级。感谢全体公民用户的支持与信任。"随后又播报了一些新闻，但再没有哪一条能让他这么关心的了。剩下的节目也都很无聊，直到播放起有关地毯生产过程的直击报道。他愤愤不平地关掉电视，仿佛蒙受了什么针对性侮辱：作为H级公民（他张开右手看那个绿色字母），他要攒好久的钱才买得起多年来梦寐以求的地毯。他当然知道地毯是怎么生产出来的。给那些地板光溜溜、没东西可铺的人家里播送这种报道，他觉得纯粹就是侮辱。

他走进厨房准备晚餐。只炒了几个蛋，就着面包和一杯酒，坐在桌角对付了一下。总共也没用多少刀叉、盘子，于是吃完便洗了。他小心着不让受伤的手沾水，尽管明知那层生物膜是防水的：它可以充当另一层皮肤，能够促进组织再生，还能像皮肤一样呼吸。只要立即涂上这种生物液体，哪怕是重度烧伤患者也不会死，除了感到疼痛，基本可以正常生活，直至完全康复。他收好了盘子和平底锅，正要把杯子放在他另外两个杯子旁边时，他看见橱柜里空出了一块。起初他还没想起来之前在那儿放了什么，于是微张着嘴，手里拿着杯子，绞尽脑汁努力回忆。对了，是那个用不太上的大水壶。他慢吞吞地把杯子放到一起，然后关上了柜门。这时他又想起政府（zf）的提醒，于是重新打开了柜门。所有东西都在原位，只有水壶不在。他找遍了整个厨房，极小心地挪开各件物品，逐一定睛细看，最后终于接受了三个事实：水壶不在他先前放的位置，不在厨房里，也不在家里的任何地方。所以，它确实是消失了。

他并没有害怕。作为一名向来以模范公民用户自居的公职人员，他在听完电视（ds）播出的公告（gg）后，坚信自己已经成为监视大军的一分子。现如今他将直接向政府（zf）汇报，肩负重大使命，也许将来有一天会荣获全市乃至全国先进个人称号，还会晋升为C级公民。他迈着坚定的步伐回到客厅，脚步声如军人般响亮。他走到刚才没关上的窗户前，居高临下地看看路这边，又看看路那边，决定利用周末对整座城市持续开展监视工作。只要他不是倒霉透顶，总归能为政府（zf）找到一些有用的线索，只要有用到足够给他挣个C级就行。他从未有过什么野心，但现如今该轮到他去争取自己应得的东西了。C级至少能够保他晋升到责任更为重大的需求总局（xqzj）的相关职位，说不定还能调任到更接近中央政府（zyzf）的部门呢。他张开手掌，看着自己的H，想象着将来有一个C取而代之，咂摸着有人给他移植新皮肤时的情景。他从窗边走回来，打开了电视：画面上正在展示地毯的压制工序。这回他起了兴致，舒舒服服地坐到椅子上，一直看到节目结束。最后一条新闻依然由那位男播音员宣读，他把那则政府公告（zfgg）重复了一遍，又说次日全城外围将由三个直升机队监视起来（也没说这两条消息之间到底有什么关联），空军司令部（kjslb）已作出保证，必要时将出动其他装备，以支援监视行动。职员关掉电视，上床睡觉去了。夜里没再下雨，但整栋楼到处在嘎吱作响。一些被吵醒的住户在惊慌之下打给了警察和消防队。得到的答复是有关部门正在调查这一事件，一定能够保障全体住户的生命安全，只是目前财产安全恐不能保证，但问题终将得到解决。随后，电话那头又宣读了一遍政府公告（zfgg）。这一夜，特需局（txj）职员睡得很香。

他第二天上午走出家门时，遇到几个邻居在楼道里聊天。电梯又能用了。大家都说，还好还好，因为现在缺失的台阶增至二十级了，这算的还只是底下两层楼之间的。再往上，缺的还要多得多。邻居们惶惶不安，一见特需局（txj）职员便和他打听。职员表示，未来一段时间内情况或将继续恶化，但很快就能正常起来，随后便会逐步恢复。

"我们都知道，从前也发生过几次故障危机。无非是生产失误、规划欠佳、压强不足、原料低劣等原因。一切总有办法的。"

一个女邻居补充道："可是危机从未像这次这么严重，也从未持续过这么久呀。要是微厄继续这个样子，那我们该怎么办？"

还有她丈夫（E级公民）："如果政府（zf）对此束手无策，那就另选一个更有作为的。"

职员表示赞同，然后进了电梯。还没等电梯下行，女邻居就提醒他："等下您就能看到我们楼的大门没了。是昨晚消失的。"

职员从门厅的电梯口出来时，被面前大开的长方形窟窿吓了一跳。除了门框上还剩几个从前嵌着合页的钻孔，再没有任何大门的踪影。没有任何人为破坏的痕迹，也没有任何碎片。路上有人经过，但没人停下。对于职员来说，这种冷漠简直是侮辱，可走上人行道后他便明白过来：不光是他这栋楼的大门没了，马路两边的其他大门也都没了。而且，不光是门没了。有些商店的整个门面敞露在外，既无橱窗也无货品。有一栋楼朝向马路的整面墙都没了，好像是被一把锋利无比的刀从上到下齐齐切掉似的。楼内一览无余，能看见所有的陈设以及后面形色仓皇的人们。出于某种无从解释的巧合，天花板上的灯全都亮着：整栋楼看起来就像一棵缀满灯光的大树。只听得一楼有个女人高声尖叫："我的衣服呢？我的衣服哪儿去了？"然后她便赤身裸体地穿过了如今暴露无遗的房间。职员禁不住被逗笑了，因为那个女人又肥又丑。等到周一上班，日供局（rgj）肯定要忙不过来了。眼下形势真是越来越严峻。好在他是特需局（txj）的。他在路上一边走，一边遵照政府（zf）指示监视着所有的东西，甭管是不动的还是会动的，哪怕一丁点儿异动都要警惕。他留意到其他人也都在像他那样走路，这种公民责任感令他十分欣慰，尽管他们每一个人都可以说是和他争夺C级公民身份的对手。"人人都会有份的。"他想。

路上的人真不少。一上午天朗气清，阳光明媚，是个去海滩或郊外出游的好日子。待在家里原本也是好的，可以安享周末的闲暇时光，只是如今家里显然已不再安全，这里的安全并不是字面意义上的，而是另一个无论如何都不应抛诸脑后的层面上的（当然也不排除还有其他层面）：尊严。那栋大楼的整面外墙消失得彻彻底底，这绝不是什么令人愉快的景象：楼内的一切就这么敞在来往行人的眼前，还有那个一丝不挂地穿过房间、不停（向谁？）发问的胖女人，她也许连外墙消失都没有意识到。他冷汗直冒，想想那该有多么羞耻——要是他所在的楼也没了外墙，要是他不得不暴露在众目睽睽之下（哪怕还穿着衣服），要是没了那层不透明的、坚实厚重的，护他不受暑热冬寒，保他免遭旁人好奇心之扰的屏障。"也许，"他想，"这都是因为生产质量不过关。如果是这样的话还好，反倒应该庆幸。这些状况能使本市不再出现原材料短缺的问题，还能使政府（zf）清清楚楚、明明白白地认识到，应当纠正什么，应当怎样纠正，并从这一切当中吸取教训。哪怕一丁点儿妥协都是犯罪。必须守护城市，捍卫公民用户权益。"他走进一家烟草店买报纸。老板正在柜台边和两位顾客聊天："……于是他们都死了。电台（dt）还没报，但我这消息绝对可靠。顶多半小时之前有位老主顾刚来过这儿，他就住附近，看得真真切切。"

特需局（txj）职员问道："你们在说什么呢？"

他张开手掌，这仿佛是一个为表随意的动作，实际上从来都是一种向对方施压的方式：那边似乎没有哪个人是高于H级的。烟草店老板又把故事讲了一遍：

"我刚刚在讲一位老主顾告诉我的事情。在他住的那条路上，有一整栋楼消失了，被发现时住那儿的人全都死了。全都倒在地上，一丝不挂。连戒指都没了。最奇怪的是，那栋楼应该是整个儿消失的，连同地基一起。只剩了些打地基的桩洞。"

这个消息十分严重。门的故障，以及邮筒和水壶的消失，总归还能忍受。就连一栋楼的整面外墙不翼而飞，也都认了。但是死了人可不行。职员郑重其事地向三人（那三人同样以看似不经意或偶然的动作，将手掌向上摊开：老板是L级，一个顾客有幸位列I级，另一个则扭扭捏捏地不肯让他的字母N露出来太多）表达了他身为公民的愤慨：

"这一事件标志着战争的开始。这场战争没有任何谈判的余地。我相信政府（zf）绝不会容忍侵犯，更不会容忍谋杀事件。反制行动势在必行。"

那个I级顾客只比他低一级，鼓起勇气提出了一丁点儿异议："只是坏就坏在每次反制行动后，遭报复的总是我们。"

"是的，您说得对。但那只是暂时的。记住，只是暂时的。"

烟草店老板说："确实，一向如此。"

职员抽出一份报纸，付了钱。就在做这个动作时，他想起还没有把护士涂在他右手上的生物膜撕掉。不要紧，反正随时都能撕掉。他道了别，走出店门，沿着那条路一直走到大街上。从他身旁经过的人们都在三五成群地热烈讨论着什么。有的面露忧色，有的一看便是没睡好，或者根本没睡。他走向一处人多的，那儿有一名军队（jd）长官正在讲话。

"我们必须避免恐慌，这是第一要务。"他说道，"局势已得到控制，三军也都整装待命，不过要我说，这并不是为了防备什么，也没理由防备什么，国工安警（ggaj）已经接管各级各项事务。敬请各位公民用户，离家时切勿忘记携带身份证件。"

围观者中有几人把手伸进口袋，又听了一会儿，便稍显匆忙地离去——都是把身份证件落在家里的人。职员走进一家咖啡馆坐下，一改往日的低调谨慎，点了一杯烈酒，随后便把报纸摊开在桌上。国务部（gwb）和工务部（gwb）发布了一份联合声明，对前几则公告（gg）进行了整合与补充。主标题从报纸一头写到另一头，向公众保证道："过去二十四小时内情况未有恶化。"职员焦灼地嘟囔起来："那此前的恶化又是怎么回事呢？"他翻阅着报纸，看起来没什么特别糟糕的事——有瑕疵的，有出故障的，有凭空消失的，就是没有死人的。其中一张照片令职员过目难忘：上面有条马路，路的一边完全消失了，就好像那里从来没有过任何建筑。照片似乎是从另一边的建筑高处拍的，只看见迷宫般的地基桩洞，以及一条被分割成一个个矩形的长条，就像是某种儿童玩具。"那死的那些人呢？"他心想，又回忆起了烟草店里的谈话。报纸上没提死人的事。会不会是媒体隐瞒了情况的严重性？他环顾四周，然后把目光投向天花板。

"万一这栋楼马上就要消失了呢？"他猛然问起自己这个问题，头上冒出了冷汗，胃里一阵发紧。"是我想太多了。一直以来我就是被这毛病拖累的。"他叫来服务员结账，趁服务员找零的时候指着报纸问："怎么样？说说您的看法？"

他甚至没有费心让动作显得自然，便张开了手掌。那个如他所料，只有R级的服务员耸了耸肩："呃，您实在要我说的话，我只想说我根本不在乎，甚至觉得好笑。"

职员接过零钱，一言不发，收起了报纸。然后他义愤填膺地走出店门，找了个电话亭。他拨通了国工安警（ggaj）的电话，那边刚一接起，他便迅速汇报在某某路的某某咖啡馆有一个行为如何如何可疑的服务员。是什么可疑行为？他说他根本不在乎，甚至觉得好笑。他还说这样挺好，对他来说什么都消失了也没关系。他真这么说？他真这么说。那边没问他的身份信息，他也没说：这种鸡毛蒜皮的线索肯定是挣不来一个C级的。但毕竟开了个好头。他从电话亭出来，没有走远。一刻钟后，一辆深色汽车停在了咖啡馆门口。车里下来两名武装人员，走进店内。他们很快重新现身，带上了被铐住的服务员。职员叹了叹气，转身继续走他的路，吹起了口哨。

外面的空气让他好受了些。他对自己有些惊讶，惊讶于促使自己拨通电话的那种理所当然，惊讶于自己眼看着服务员被国工安警（ggaj）警员推搡进车里时的心安理得。"守护城市，公民有责，"他喃喃道，"要是人人像我一样，现在也许就不会有这种事了。我尽责，我光荣。我们必须为政府（zf）分忧。"道路似乎没有遭到什么严重破坏，但还是看得出来整座城市都在恶化，就好像一直以来有人从这边取走一点儿，又从那边拿走一小块，正如孩子们偷吃蛋糕那样：开始时根本察觉不出异样，之后才会发现那蛋糕已经没法端给客人们吃了。不过严重的破坏（还是应该说消失？）也是有的。大街尽头长达两百多米的一段路上，路面铺层全部消失了。地下水管估计也发生了断裂，要不然那个正咕嘟咕嘟翻涌泥浆的大坑又是怎么回事呢？供水局（gsj）的几名职员从坑洞边缘挖出几条深沟，露出了管道。另外几名正在查看图纸，以便知道要在哪里堵住水管，将水引去另一条支流。那边密密麻麻围了许多人。特需局（txj）职员走上前去好看得更仔细，并与一位围观者搭上了话："请问这是什么时候的事？"

惯例的手掌动作表明，对方是E级公民。

"昨晚。如您所见，这也太糟心了。路没了，路上的东西也全没了，连我的车都没了。"

"您的车？"

"是所有的车，所有的东西：红绿灯、邮筒、路灯……您瞧瞧，像被刀子剃光了似的。"

"但政府（zf）肯定会赔偿的。您的车总还会有的。"

"那是当然。没人担心这个。只是您想过没有，据市交警（sjj）估算，这段路上的汽车竟有一百八十到二百二十辆那么多！况且我们还不知道其他路上是否也发生了同样的事。您觉得这事儿容易解决吗？"

"嗯，确实不容易。二百辆车，要一下子赔，确实是笔不小的开支。我就是特需局（txj）的，这个我清楚。"

车主问了他的姓名，二人交换了名片。水终究是止住了，坑洞里只浮荡着最后几摊泥水。职员离开了。这一次他是真的担心了起来。要是再有这样的事，城市可就要大乱了。

是时候吃午饭了。他现在身处一个不太熟悉的城区，平时很少过来，但要在步行范围内找到一家餐馆肯定不是什么难事。他也曾想过回家吃饭，但在如今的情况下习惯必须改一改。而且，一想到要被围在四墙之内，困在一栋少了大门又缺了台阶的楼房里，他就浑身不自在——现在恐怕台阶少得更多了。其他（很多）人大概也是这么想的。路上挤满了人，有些地方甚至挤得走不动道。职员只点了一份三明治和一杯冷饮，匆匆忙忙地吃光喝完了。他看到的餐馆基本是空的，可就是不敢进去。"太荒唐了。"他心想，完全没意识到自己就这样为自己的恐惧定了性，"要是政府（zf）不尽快采取行动，事情必定一发不可收拾。"

就在这时，一辆装有扩音器的汽车停在了马路中央。车里有个女人拿着一张纸读了起来，扩音器中传出她的声音："各位公民用户请注意：政府（zf）敬告全体居民，本市即将实行严厉的防范处罚措施。目前已有几人被捕，预计今日之内一切将会完全恢复正常。过去几小时内仅发现几起故障，但没有发生任何消失事件。各位公民用户必须保持警惕，你们的配合就是最大的支持。保卫城市不仅是政府（zf）和军事化部队（jshbd）的责任，更是每个人的责任。政府（zf）已为众多积极配合的公民做好记录，并表示感谢，但请牢记，群众在道路和广场上大规模聚集固然有助于监视行动的展开，但最终反而会成为阻碍。我们必须揪出敌人，使其无所遁形。因此，请大家注意：我们过去展示手掌的习惯从即刻开始变为法定义务。所有公民均有权要求 —— 再重复一遍，是要求查看另一位公民的手掌，无论双方各自属于哪一等级。Z级公民也有权力且有责任要求A级公民展示手掌。政府

（zf）将以身作则：今晚在电视（ds）上，政府（zf）全体官员将向全体公民展示右手。希望大家依样执行。当前情况下的口号是：提高警惕，手掌举起！"坐在车里的四人率先执行了这项命令。他们在紧闭的车窗后张开了右手，然后继续往前开，女人又开始从头宣读。职员心潮澎湃，转身便朝一个正在走远的男人说道："把手伸出来。"

然后又转向一个女人："把手伸出来。"

他们把手伸了出来，并也要求他这样做。几秒钟内，路上那或站或走的数百名男男女女都开始狂热地互相展示手掌，他们把手高高举起，好让周围的人都能检查到。一时间，所有的手都焦急地在空中挥舞，以证明自己清清白白。这种能够最为直接且快捷地辨认身份的做法瞬间传遍全城：人们无须停下，只消在经过彼此身旁时伸出手臂，翻转手腕，将带有等级字母的手掌朝上即可。总这样做很烦人，但确实省了不少时间。

倒也不用省什么时间。城市仍在运转，但已非常缓慢。没人敢再坐地铁了，地下隧道只会令人恐惧。此外，传言说有条地铁上的电线绝缘皮都消失了，那天第一班地铁上的所有乘客全被电死了。也许不是真的，也许千真万确，只是有些添油加醋。地面上，公交车的班次也越来越少了。路上的人们拖着脚步，举起手臂，然后继续行走，越走越疲惫，不知要去往哪里，也不知要在哪里停下。在这样阴郁的精神状态下，所有人眼里只看见又有哪些东西消失无踪，以及消失的东西又导致了什么损毁。不时能看见几辆载满士兵的卡车，甚至还开过去一排坦克，履带嘎吱作响，掀起了大块大块的路面铺层。天空中，有直升机飞来飞去。人们交头接耳，焦急地询问："情况真有这么严重吗？是革命吗？要打仗吗？可敌人呢，敌人在哪里？"如果先前没来得及，他们问完后就会抬起手臂，伸出手掌。说来这也成了孩子们最爱玩的把戏——他们会像野兽般猛地扑向大人们，龇牙咧嘴地大叫："把手伸出来！"要是大人们在不折不扣照做之余，气急败坏地也要求他们伸手，他们便会吐舌头拒绝，或者只远远地伸出来给人看。这也没什么，不会有问题的：反正他们手上一定都有字母，和父母一模一样的字母。

特需局（txj）职员决定回家，骨头都要累散架了。他先前就没吃饱，此刻已开始想着回家后定要做一桌小小盛宴。他越想越饿，越饿越急，口水都差点儿流出来。他未及多想，便加快了脚步，不一会儿就跑了起来。突然他感到自己被狠狠抓住，按在墙上。四个男人大声问他为何要跑，推搡着他，强行掰开了他的手掌，但随后便也只能将他放开。他报复性地命令他们几个伸出手，现在就伸。他们的等级都没他高。

他那栋楼看上去没什么变化。大门没了，一些台阶也没了，但电梯还能用。他出了电梯走进楼梯间，重重地拉上了铁栅门，这时，一个念头在他脑海中转瞬即逝，却令他后怕不已：假使刚刚电梯在运行途中发生故障，或是消失无踪，他岂不是会突然掉下去，落得和烟草店老板口中的那些死者一样的下场？他当即决定，在事态明朗之前绝不再乘电梯了，可又想到台阶少了那么多，现在就算想走楼梯恐怕也不可能了。他在两难间犹豫不定，全副精神集中到了病态的程度，脚上正沿着楼道向家门口走去，只在一脚落地、一脚悬空的寂静当口才注意到楼栋里竟然如此寂静，除了时不时有几下微弱的嘎吱声，也不知是哪里发出的。大家都出去了吗？都遵照政府（zf）指令去街上巡逻了吗？还是都逃跑了？他让脚慢慢落地，侧耳细听：有人在咳嗽，是上面某一层楼的，这让他放下心来。他极小心地打开门，走进家中。他在每个房间里都检查了一圈，一切井然有序。他往厨房的橱柜里探看，指望着或许能发现水壶已奇迹般地回到原位。并没有。一阵巨大的悲苦涌上心头：这桩小小的个人损失越发加重了这场席卷全城的灾害，这场他刚刚目睹的集体性浩劫。这时他才想起小半个钟头前那令他大失方寸的饥饿感。难道是突然没了胃口？这倒不是，只是因为那饥饿感已变成隐隐的钝痛，使他凭空打起了嗝儿，好像是胃壁在不断收缩和舒张。他做了个三明治，站在厨房中间吃，两眼微微发直，双腿不住颤抖，只觉得脚下踩着的地不稳。他拖着身子回到卧室，衣服也不脱便瘫倒在床上，不觉间已沉沉睡去。没吃完的三明治滚落在地，一下摔散了，一侧还带着牙印。三下剧烈的噼啪声在房间里震起了回响，这仿佛是某种信号，整间房开始扭曲晃动，然而外观依然如旧，每一部分都没有改变，部分与部分之间的相对位置也没有改变。整栋楼自上而下地晃动起来。其他楼层里有人在尖叫。

整整四个小时，职员一直睡着，纹丝未动。他梦见自己全身赤裸，被困在极其狭窄的电梯里，电梯沿着楼体上升，冲破屋顶，如火箭般直直地穿透外层大气，然后突然消失，只剩他自己悬在太空中，好像过了短暂的零点一秒，又像是漫长的一小时，抑或是无尽的永恒；接着他便直坠而下，四肢展开，从空中俯瞰城市，或者说是俯瞰城市所在的位置，因为那里已没有了房屋，没有了道路，只有空芜。他重重地摔在地上，右手不知撞到了什么东西。

他被疼醒了。房间里仍旧昏暗，似乎填塞着一屋子黑雾。他在床上坐起身，看也不看便用左手去揉右手，触手处却是一片黏稠温热，不由得吓了一跳。不用看也知道，那是血。可是特需局（txj）的门划出的小小伤口怎么可能出这么多血呢？他打开灯看了看：整个手背血肉模糊，生物膜覆盖的皮肤全部消失了。尽管仍是半梦半醒，又被这飞来横祸吓得不轻，他还是立马冲进了放着急救用品的卫生间，打开橱柜，抓出一只药瓶。血滴得很快，随着他的动作滴到了地上和外套袖管里。看来是一次严重的大出血。他打开药瓶，从另一个小盒里取出把刷子蘸了蘸，正准备把生物再生液涂上时，直觉告诉他这是个错误。要是这种事又发生了怎么办？于是他把药瓶放了回去。血已经滴得到处都是，可家里没有绷带。自从生物再生液上市以来，基本已经没人再用绷带、纱布或膏药之类的东西了。他跑回卧室，打开放衬衣的抽屉，拿出其中一件，撕下一条宽宽的布带。他用牙咬着一头，终于将布带缠在了右手上，然后用力系紧。他关上抽屉，看见了剩下的三明治，于是弯腰拾起，将散落的几块叠好，坐在床边慢慢吃着。他其实已经不饿了，这样做只是出于某种不愿言明的责任感。

就在吃下最后一口时，他注意到地上有片深色的斑块，几乎完全藏在某件家具的影子里。他走上前想要细看，心下微窘，想着等哪天把地毯买回来，地板上这些瑕疵就看不见了。那片深色的斑块原来是红色的，此刻像是正要有所动作，却被抓了个正着（他几乎确定这是一起被自己当场抓获的消失事件）。职员伸出脚尖将它翻了个面，却早已知道会看见什么：翻过来的这一面就是他之前涂在手背上的薄膜，而红色的那面是血，附在薄膜粘住的皮肤内侧的血。于是他想，自己大概永远也买不成地毯了。他关上了卧室的门，走去客厅。他看上去沉着平静，但内心里早有恐惧盘旋，暂时还转得不快，好像一只武装着长刺的轮盘，不用多久便能将他割得支离破碎。他打开了电视，趁着开机预热的工夫走到窗前，窗户早上没关，就这样开了一整天。白日已经结束。路上人很多，但是无人说话，也无人结伴。人们看起来只是漫无目的地走着，除了会时不时伸出胳膊展示右手。他从上面看下去，在那般寂静当中，这一景象几乎让他想笑：一条条胳膊举起又放下，一只只白色的手掌，印着绿色的字母，匆匆挥一挥，很快又垂下，往前走几步后再重复整套动作。他们就像被某种执念所驱使的精神病患，走在精神病院的林荫道上。

职员回去看电视。一张弧形桌边围坐了五个人，个个神情肃穆。即便还未听清开头说了什么话，他就注意到画面一直断断续续的，声音也一样。是那位男播音员在讲话：

"……们今天请到了多位专……学、工业安全、生物学可操作性研究、预……德……全……"

电视屏幕闪烁了近半个小时，零零碎碎地蹦出些字词，有时也能有一句大概还算完整的话，不过是否完整也无从确定。职员只是坐在那儿，自己都不知道自己是不是真想知道那里头在说什么，仅仅是因为他习惯坐在那儿看电视，也因为眼下没别的事可干（不过以前好像也没别的事可干）。他想叫政府（zf）高层伸出手看看，倒不是因为这样做有什么意义，也不是因为这样做就能为城市补偏救弊，或是能证明某种清白（且不论这样做是否真的能自证清白），而大概只想看看这么多A级B级的手凑在一起的稀罕景象。这时，画面稳定的时间长了几秒钟，声音也不再时断时续，电视上有一个人说道：

"……可以证实消失事件不会在白天发生。白天只会出现运行故障、异常情况和一般性损坏等问题。所有消失事件均发生在夜间。"

男播音员问："那么您认为夜间应当怎么做？"

嘉宾说："在我看来……"

画面没有了，声音消失了，这回是彻底消失了。电视停止运行。政府（zf）高层的手也不会伸给全市公民看了。

职员回到了卧室。如他所料（但他也说不出为什么自己会这样料想），那块再生薄膜的位置变了。他几乎是下意识地又用鞋尖碰了碰它。接着，他听见自己的脑海里重复起了男播音员说的话："您认为夜间应当怎么做？"是啊，晚上应当怎么做呢？现在听不见噼啪声了，只是整栋楼都在持续不断地嘎吱作响，仿佛是在被两种意志往相反的两个方向拉扯。职员又从衬衣上撕下一条，把手缠得更牢更紧，然后将抽屉里所有的钱都拿了出来。虽然很暖和，但他还是穿上了大衣：晚上会转凉，而且明天太阳出来之前他应该是不会回家了。"所有消失事件均发生在夜间。"他走去厨房，又做了一个三明治塞进口袋，将整间屋子扫了一眼，然后出了门。

他在走向电梯前，站在楼道里冲着楼梯间上方喊了一声："有人吗？"

没人回答。整栋楼似乎都在摇摇晃晃，嘎吱嘎吱。"要是电梯停了呢？那我该怎么出去？"他甚至开始琢磨从二楼窗户跳到街上去的可行性，直到电梯伸缩栅门如常开启，灯也亮了，这才深深地舒了一口气。他畏畏缩缩地按下了按钮。电梯顿了顿，仿佛在抵抗那股电动推力，接着在迟滞的抽搐中慢慢地下到了一楼。门被拉开时卡住了，仅仅留出一条缝让他挤了进去，就在他往外挪动时，门骤然关上，把他紧紧夹住。那只恐惧化作的沉重轮盘一时转得飞快，令他头晕目眩。突然，也许是主动停止了恐吓行为，或只是觉得吓他吓够了，门退让一步，顺从地打开了。职员跑到了街上。已经完全入夜，可路灯仍未亮起。寂静中走过一些人影，也没什么人举起手掌了。不过，偶见几处还有人点着打火机或手电筒在检查。职员退回到公寓楼门口。他必须出去，他受不了有一整栋楼悬在他头上的感觉，可是出去后肯定会有人要求他伸手检查，而他的手还包扎着，浸满鲜血。他们会说他包扎是做贼心虚，是妄图假借受伤之名把手掌藏起来。他吓得打了个寒战。然而大楼嘎吱得更厉害了。要出事了。他立马将手的事情抛诸脑后，跳到了路上。他禁不住想拔腿就跑，结果想到下午发生的那件事，如今手弄成了这副模样（他又想起了手的事情，这回直到最后都没再忘记），自己的处境该有多危险，他心知肚明。他一直等在暗处，等到人影变得稀疏，等到一亮一熄的打火机和手电筒少了许多，这才紧贴着墙壁离开。他住的这条路已经走到了头，还没有一个人上来查他。这给他壮了壮胆。在一个没了公共照明的城市里举手自证清白实在荒唐可笑，而且想必人们也都厌倦了一无所获的监视行动，于是逐渐不再要求检查别人的手掌。

　　只是职员忘了，路上还有警察（jc）。他刚刚转过一个朝向大型广场的街角，就撞上了一支巡逻队。他企图退回去，却被一束手电筒光逮个正着。那边叫他站住。要是敢逃，他就会立刻没命。巡逻队走了过来。

"把手伸出来。"

手电筒的光束落在白布上。

"这是什么？"

"我的手背受伤了，只能包扎一下。"

三名警察将他团团围住。

"包扎？这编的是哪门子故事？"

他又能怎么解释呢？说生物液体扯掉了他的整块皮肤，此刻还在他房里摸黑慢慢移动吗？（它要去哪儿呢？）

"你怎么不涂些生物液体在伤口上呢？前提是你真有那么个伤口。"其中一名警察吐槽道。

"是真的，长官，可是如果我把包扎带拆开，血就止不住了。"

"好了。少废话。把手伸出来。"

"长官行行好……"

"把手伸出来。不然就吃我一枪子儿。"

离他最近的警察一把抠进包扎带，粗暴地扯了开来。血液似乎也顿了顿，然后在手电筒的强光照射之下，渗满了整个失去表皮的手背。警察把他的手掌翻过来，看到了字母。

"可以了。"

"求求你们，帮帮我，帮我重新包扎好吧。"职员哀求道。

一名警察不情愿地嘟囔起来："我们这儿又不是医院。"但还是帮他包扎好了。然后对他说："您还是待在家里比较好。"

职员强忍住疼痛和自怜的泪水，啜嚅道："可是我家……"

"对对对，"警察回答，"快回去吧。"

广场的另一边亮着些灯光。他犹豫了。难道真要去那儿，时时刻刻担心有没有人会强迫他露出手掌？疼痛、恐惧、悲苦，令他抖作一团。伤口伤得更重了。所以，该怎么办？就像那许多人一样，任凭自己在黑暗中跌跌撞撞、蹒跚摸索，还是回家？他早已丧失了上午出门时要做城市猎手的那股子激情。不管看见什么（且不论在这一团漆黑中是否真能看见什么），他都不会去管了，也不会叫任何人来作证或帮忙。他走了一条大路离开广场，两旁的树影使夜色越发浓稠。从那里走应该不会有人要求他伸手检查。人们匆匆走过，只是这样匆匆却并不代表他们真有什么地方要去，或者清楚自己要去哪里。从各种意义上讲，人们步履匆匆，只因是在逃亡。

道路两旁的建筑吱吱嘎嘎，噼噼啪啪。他记得再往前走有一个十字路口，那里有块纪念碑，旁边围了一圈长椅。他想去坐坐，打发打发时间，或者干脆在那儿过夜：自己已无处可去，还能怎么办呢？谁都无处可去。那条路上和其他路上一样，也到处是人，仿佛全市人口突然变多了似的。想到这里他不禁悚然。一点儿也不意外，纪念碑也消失了。长椅还在，上面坐了些人。这时职员想起了他受伤的手，停住了脚步。黑暗中又钻出一些人，占满了所有空位。他已经没地方坐了。

他也并不想坐。往左拐进了一条小路，小路曾经十分狭窄，可是现在四面八方都有许多又宽又深的口子，从前盖着楼房的地方都成了货真价实的大窟窿。他忽然觉得，要是在白天，兴许能看见那些方形空洞如透视图般首尾相连，向东西南北延伸开去，直达城市边界——如果城市还有边界这一说的话。这倒让他有了个主意：离开城市，去郊外，去旷野，那里楼房不会整个儿无影无踪，汽车不会成百上千地消失，也不会有什么东西自行改变位置，继而彻底匿迹，不再存在于原处或任何地方。在它们曾经存在的空间里，只有虚无，偶尔也有尸体。他重新打起精神来，这么做至少可以摆脱当下的噩梦，即在夜晚穿行于一个个看不见的威胁当中。等到白天看得见了，也许就能找到解决办法了。政府（zf）肯定在着手调查。以前也有过这种事，只不过没这次严重而已，最后总能解决。没什么好绝望的。城市的良好秩序即将恢复。这是一次危机，一次普通的危机，仅此而已。

他住的那条路附近还亮着几盏路灯。这一次他没有绕开走：他现在感到很安全，很有信心，如果有人拦下他，他会平静地讲出自己的遭遇，指出那再显然不过的事实，即一切都归咎于一场危害城市安全和公民幸福生活的阴谋。只是这种如果毫无必要，并没有人要求他伸手检查。仅有的几条亮着灯的路上挤满了人，穿过去都十分困难。其中一条路上有辆卡车，卡车顶上有位陆军（lj）中士宣读着一份通告或者通知：

"特此警告全体公民用户，接军队总司令部（jdzslb）指令，明早七点开始，将对本市东区进行地（d）空（k）两路轰炸，这是反制行动的第一步。轰炸范围内的公民用户已从家中撤离，现安置于政府（zf）设施内妥善看管。本次轰炸造成的损失在所难免，公民用户遭受的所有物质和精神损失均将得到赔偿。政府（zf）和军队总司令部（jdzslb）向全体公民用户保证，反制计划一定会贯彻到底。鉴于情况有变，且'提高警惕，手掌举起'这一口号已证明无效，现将口号更改为：警惕，出击。"

职员松了口气。不用再伸手检查了。一颗心重新放回了他的胸膛。半小时前初生的勇气变得更加坚定。他当即作出两个决定：回家取一下望远镜，然后拿着它去城市东郊观看大轰炸。在中士的那份通知宣读完毕后，他也参与到了随即展开的讨论当中。

"这确实是个办法。"

"您认为这能行吗？"

"当然，政府（zf）又没在睡大觉。而且，没有比这更好的反制措施了。"

"这次必定是一场漂亮的反击战。只可惜没能更早一些。"

"您的手怎么了？"

"生物液体不管用，还把我的伤搞得更严重了。"

"我听说过这种事。"

"我也听说过。据说医院里都已经惨不忍睹了。"

"第一起案例估计就是我吧。"

"政府（zf）会给大家赔偿的。"

"晚安。"

"晚安。"

"晚安。"

"晚安。明天会好起来的。"

"明天会好起来的。晚安。"

职员心满意足地离开了。他住的那条路还是很黑，但他并不担心。若有若无、几不可见的星光足以指明方向，而且因为没有了树木，黑暗并不十分浓重。他发现这条路不太一样了：又少了几栋楼。但他住的那栋还在。他继续走，想着会不会又少了几级台阶。不过，就算电梯不能用了，他也会另想办法爬上二楼的。他想要望远镜，想要报复，想要欣赏对城市一整块区域实施的大轰炸，炸的是东区，中士说的。他走入大门消失后留下的门框，这才发现自己正置身于虚空当中。他上午看到的还是一栋楼，而这时只剩了朝外的一面墙，如同一具空壳。他抬起头，只看见天空和这一夜稀稀拉拉的星星。他感到一股巨大的愤怒。没有恐惧，只有一股巨大的、正向的愤怒，是愤恨，是渴望杀戮的狂怒。

地上有几具白色的人形，是一丝不挂的尸体。他想起上午在烟草店听到的："连戒指都没了。"他走上前去。如他所料，都是他认识的人：是这栋楼里的几个邻居。他们不愿离开自己的家，于是现在全死了，光着身子死的。职员把手放在一个女人的胸膛上：还是温热的。这次消失大概就是在他跑去街上之后发生的。四下悄无声息，或者应该说只有嘎吱声和噼啪声，就是他在家时随处可以听到的那些声音。要不是因为听中士讲话耽搁了一阵儿，后又留下与其他人交谈，也许那地上就会多出一具尸体了，他的尸体。他向前看去，看向这栋楼留下的虚空，看见前方更远处的另一栋楼正在移动，迅速变矮，就像一张边缘参差不齐的黑纸，正被从天而降的无形火舌渐渐啃咬吞噬。一分钟不到的工夫，那栋楼便消失了。再往前是更大的虚空，由此形成了一条笔直向东的通道。"就算没有望远镜，"职员喃喃道，身体因恐惧和愤恨不住地发抖，"我也一定要去看。"

这座城市很大。后半夜里，职员一直在向东走。倒不用担心会迷路。东边的天空亮得特别慢。等到早上七点，大轰炸就要开始了。职员几乎已被疲惫压垮，心里却很高兴。他用力握紧左拳，似乎已提前享受起那大快人心的恐怖惩罚，它即将降临在城市四分之一的实体建筑上，降临在那里所有的东西上，降临在那些微厄上。他注意到，有成百上千人正朝同一方向走去。所有人都想到了这个好主意。五点时，他已经来到开阔的郊外。回头望去，只见城市的轮廓不再规则，剩下的几座大楼因周围建筑的消失而更显高大，就好像是那些废墟的侧影，尽管严格来讲并没有什么废墟，只有虚无。几十门大炮瞄准城市的方向，排成一道圆弧。现在空中还未见飞机。飞机将于七点准时到达，没必要提前就位。距离大炮三百米处，一队士兵拦着不让人们靠近。职员发现自己已被淹没在人群之中。他大为恼火。一路走来本就精疲力竭，大轰炸结束后也无家可回，现在居然连好戏也看不成，更泄不了愤，享受不到复仇的快感。他环顾四周，发现有人站到了箱子上面。这倒是个他之前没有想到的好主意。不过再往后，大约一千米开外的地方，有一排绿化良好的山丘。远是远了些，但是够高。他觉得这办法应该能行。

他钻出人群，穿越山丘前那一大片开阔平地，越往那边走人就越少。同样往那个方向去的人没有几个。而径直朝他前方山丘走去的，除他以外再无旁人。天空显着泛白的灰色，但太阳仍未升起。他脚下的土地一点一点地抬高。山下，人群聚得越来越多了。大炮与城市边界之间又架设起一排重型机关枪。那些敢往这儿来的微厄可要倒大霉了。职员笑了笑：这回想必可以杀一儆百。只可惜自己没有参军。他多么希望用自己的双手（是的，包括那只受伤的手，这有什么打紧的）去感受子弹发射时机关枪的震动，去体验传遍全身的战栗，这次将不再是因为恐惧，而是出于愤怒和伸张正义的快乐。这一切给予他身体的冲击竟强烈得令他停住了脚步。他想过掉头回去，毕竟那样离得更近。但他也明白肯定是没办法挤到足够靠前的位置了，到时夹在人群当中反而什么也看不见，于是便继续前进。前面就是树林了，那边一个人也没有。他原地坐下，背靠几丛灌木，灌木上的小花蹭着他的肩头。依然陆续有人从城市的各个角落汇入人群。没人愿意错过这场好戏。那里到底聚集了多少公民？几十万吧。也许全城的人都在。郊外已完全变成一块黑斑，而且仍在迅速扩散，已经开始溢向山丘这边。职员激动得发抖。终于要大获全胜了。七点应该快到了吧。咦，手表呢？他耸耸肩：以后自己肯定会有一块更好、更完美，材质更高级的手表。从他那里望去，城市已然面目全非。不过一切都会在该恢复的时候恢复的。先把该受惩罚的惩罚了再说。

就在这时，他听到身后有声音。是一个男人的声音和一个女人的声音。他听不清他们在说什么。也许是一对小情侣被即将到来的大轰炸激起了性欲。可他们的声音却十分冷静。突然，那个男人一字一句地说道："我们再等一等。"

然后是那个女人："等到最后一刻。"

职员直感到汗毛倒竖。是微厄。他焦急地看向那片平地，只见人群如黑压压的蚁群般仍在逼近。他下定决心要抢先夺得那份荣誉，那个C级公民身份。他悄悄绕过浓密的灌木丛，然后矮下身子，几乎是匍匐着挪到了几棵紧挨着的小树后面。他等待片刻，随后慢慢站起身，暗中窥视起来。那个男人和那个女人全身赤裸。当晚他也见到过其他这样赤裸着的身体，可这两个不一样，是活的。他拒绝接受眼前的一切，宁愿七点已到，大轰炸现在就开始。透过树枝的间隙，他看见人群正从城市飞快地向这边移动，也许他们已经能听见这里的声音了。他大叫："快来人啊！这里有微厄！"

男人和女人猛地转过身，向他跑来。其他人没能听见他的声音，他也没来得及发出第二声呼喊。他感觉到男人的双手掐住了他的脖子，女人的双手捂住了他的嘴巴，两双手齐齐用力。被掐住之前他倒是觑着空瞟到了（其实他也早就想到了）那些要杀死他的手，上面什么字母也没有，光滑无比，除了皮肤的天然纯洁之外再无其他。

赤裸的男人和女人把尸体拖进了树林深处。更多同样赤裸的男人和女人现出身来，围住了死尸。待他们散开后，尸体依然摊在地上，只是也变得全身赤裸。连戒指都没了（他有过吗？），甚至连包扎带都没了。手背上的伤口里流出一小股血，很快便止住了，开始慢慢干涸。

树林和城市之间早已没有了任何空地。全城的人都来此见证这场伟大的军事反制行动。远处听得见一阵嗡嗡声：飞机正在赶来。所有仍在运转的钟表即将敲响七点或只在表盘上静静地指向七点。炮兵军官紧握扩音器，准备下令开火。几十万人，不，上百万人都焦灼得几乎忘了呼吸。可终究连一发炮弹都没有射出去。就在军官正欲喊出"开炮！"的节骨眼儿上，扩音器从他手里溜走了。不知怎的，飞机生生来了个急转弯，掉头回去了。这还只是个开始。绝对的寂静在平地之上铺展开去。突然，城市消失了。取而代之的是另一大群女人和男人，人群无边无际，全身赤裸，从曾经存在城市的空间里奔涌出来。大炮和其他所有武器都消失了，士兵们变得全身赤裸，被曾经是衣服和武器的男人和女人团团围住。被围在中央的城市公民原本是一片巨大的深色斑块，下一刻也开始变形，同时成倍扩大。太阳升起，照亮了整片白色的平地。

与此同时，躲在树林里的所有男人和女人都走了出来，自打革命开始，自打第一个微厄消失开始，他们就一直躲在那里。其中一个男人说："现在，我们必须重建一切。"

然后一个女人说："以前我们只是东西，因此别无选择。以后，人再也不会被当作东西了。"

人
马

Centauro

马停下脚步。蹄甲未钉蹄铁，牢牢蹬住干涸见底的河床上遍布着的圆润滑溜的卵石。人抬起双手，小心翼翼地拨开挡住视线的荆棘枝，看向平原那边。天已逐渐破晓。远处（那里地势渐次抬升，先是一道平缓的坡地 —— 只记得从很远很远的北方南下时也走过这样一道平缓的坡地，然后直直地切下来一面玄武岩山岭）有一些房屋，远远看去极为矮小，低低地贴着地面，星星似的发出亮光。地平线被那座山尽数遮挡，但见沿山一道发光的轮廓，如同顺着山峰轻轻描了一笔，犹未干透，一点点洇下山坡。太阳会从那里出来。人把荆棘枝松开时不小心伤了手，于是含糊地哼了一声，将手指送进口中吮掉血珠。马跺着蹄子往后退，马尾扫着高高的草丛，草叶上噙着河岸边最后一点儿水分，全赖枝条低垂而成的帷幔遮蔽，水分才得以在那样的黑暗时刻留存下来。河水仅余一线，流淌于河床最低陷处的石块之间，不时在这里或那里摊出一汪水坑,有鱼儿在其中挣扎求生。空气中的潮湿兆示天将下雨,且是暴雨,雨当然不会在这一天下,而是在将来的某一天,或是在太阳三次起落之后,又或是在明晚出现月亮之时。天极缓慢地亮了起来。是时候寻一个可供歇脚睡觉的藏身之处了。

马感到口渴。夜色平铺之下,水流仿若静止,它走上前去,待得前蹄触及那流淌的清凉,便侧身躺卧在地。人将半边肩膀抵着粗砺的沙石,啜饮良久,尽管他并不感到口渴。人与马的上方,依旧昏黑的那方天空缓缓旋转着,拖出一道苍白的尾辉,微微泛着黄色,但也只是暂且,这是绛红色与鲜红色即将从山峰倾泻而下之前最早的、最容易蒙骗不知情者的征兆,在其他许许多多地方,许许多多山峰与平原上,都曾这样发生过。马与人站了起来。面前是一道浓密的树木屏障,枝干间有荆棘布防。枝头高处已有鸟鸣。马踏着纷乱的步子,小跑着穿越河床,径直从纠结成团的草木间冲撞出去,其实人本想找一条更好走的路。日久年深,他有的是时间学习,也已经学会如何压抑这动物的急躁天性,有时还得用上一股蛮横力气才能与之对抗,这股力气萌生心间,遍传脑内,又或许是源自身体别的什么地方——在那里短兵相接的,一边是大脑发出的指令,一边大概是那皮毛黝黑的腰腹间滋长的阴暗本能；有时他也会屈从于天性，心不在焉地去想别的事情，那些事当然也发生在自己身处的这个物质世界，只是并非发生在这个时代。马早已因疲惫而焦躁不安：它抖擞着皮毛，仿佛要把一只发狂嗜血的牛虻甩下身去，又加紧了脚步，尽管这样做毫无必要且更为耗力。如此硬生生地在荆棘乱生之处开路实在莽撞。白色皮毛上已有太多伤疤，其中一道疤由来已久，宽宽斜斜地划在臀部。每当炽烈的阳光直直打下，或者恰恰相反，每当寒冷使得皮肉皱缩、毛发耸立时，那处敏感而裸露的印痕便有如烙上了烧红的剑刃。人当然晓得那里除了一道比别处更大的伤疤外再无他物，但每当这时他都会扭身看向后面，仿佛在看向世界的尽头。

下游方向不远处，河岸往原野深处逐渐收窄：那里定是一处潟湖，或是一条同样，甚至更加枯竭的河道。河底泥泞不堪，少有石块。这里像是个水袋，毕竟只是刚才那条河横生的支流，河丰沛它便有水，河干枯它便无水；周围生长着高大的树木，晦暗之下漆黑一片，而且这里的晦暗抬升得极慢。只要使树干与折倒的树枝形成足够密实的帘幕，便可在此处安安稳稳地藏上一整天，直至再次入夜，然后继续上路。双手拨开清凉的树叶，趁着那片茂密树冠掩住的，几乎不见一丝光亮的黑暗，屈起后腿，纵身跃上陡峭的河岸。不多时地势转低，下到一条沟渠，沿着走大概便可穿越这片旷野。可供歇脚睡觉的藏身之处已经找好了。河与山之间有庄稼地，犁得平平整整，但那条沟渠又深又窄，不像是会有人经过的样子。又走了几步，现在周围全然没了声息。惊惶的鸟儿只顾嗫声观望。抬眼看去，枝头高处已经亮起来了。光线从山顶平平照射而来，正好掠过高高垂挂的树梢。鸟儿又开始鸣叫。光线一点一点沉降下来，纤柔荡漾的晨雾中，浅绿色的尘埃变作了粉白色。树干黑黢黢地背着光，看上去竟像个二维平面，仿佛是从仅剩的黑夜中剪下了一片，粘在了正沉入沟渠的发光透明物之上。地上长满了菖蒲，是个能睡上一整天的好地方，一处安宁的藏身所。

马跪倒在地，千百年来的疲惫令它不堪重负。要找到一个让人与马都能睡好的姿势向来十分不易。马通常侧卧，人也一样。但是，马可以这样睡上一整晚，一动也不动，而人呢？若是不想睡麻一侧肩膀甚至整半边身子，就得将这沉睡无力的庞大身躯硬生生扳到另一边去：这向来是个十分费力的梦。再有，马可以站着睡，人却不行。而且如果藏身之处太过狭窄，便不能换边睡了，人也只能忍着难受。这具身体实在不怎么舒服。人永远无法趴在地上，双臂交叉支起下巴，就这样凝视蚂蚁或土粒，或是观察黑色腐殖土中钻出的幼芽有多白嫩。要想看到天空，就得把脖子使劲向后仰，只有马用后腿站立起来时，人才能把脸仰得更高些：那样的话，是啊，那样就能看清这巨钟般的夜空笼罩住的所有星星，以及一望无际、翻涌不息的云朵牧原，或是同样形如巨钟的湛蓝天空，还有太阳，那可是创世熔炉锻造出的最后一件遗迹。

马很快睡着了。四蹄没入菖蒲丛中，尾巴平展于地，呼吸悠长平稳。人半倚着，将右肩抵在沟渠内壁上，又折过些低矮的树枝盖住自己。走动起来时，他也是扛得住寒冷与炎热的，虽然不及马那样能扛。可在不动或睡着时，他就很怕冷。此刻，至少在太阳升起来之前，得盖着枝叶才能好过些。从他的角度看去，树林并没有完全遮住天空：那是一道边缘不规则的长条，已呈现清晨的蓝色，一路向前方延伸，时有鸟儿轻捷掠过，从长条一边穿至另一边，或是沿着长条飞上一小会儿。人渐渐地闭上了眼睛，闻着树枝折断散发出的汁液气味，微微有些恍惚，又拉过一根叶子多些的树枝遮在脸上，沉沉睡去。这梦从来不是人做的梦。这梦也从来不是马做的梦。人与马醒着时，能够达成和平，哪怕只是和解的时候并不多见。可是人与马睡着时，人的梦，马的梦，便一同做成了人马的梦。

他是伟大而古老的人马族中最后一个幸存者。他曾参加过与拉庇泰人的战争[1]，那是他第一次参战，也是他第一次大败。他与其余落败的人马逃进了连名字都已失落的群山之中躲藏。覆灭之日终于到来，赫拉克勒斯[2]得诸神偏袒，大肆屠杀他的兄弟姐妹，只有他一个侥幸逃脱，全赖涅索斯与赫拉克勒斯缠斗不休，这才给了他躲进树林的时间。人马一族就此灭亡。然而，历史学家和神话学家都说错了，尚有一人马苟活于世，也正是他目睹赫拉克勒斯环抱住涅索斯的身体，用大得可怕的力气将其扼死，随后又将尸体掷在地上拖行羞辱，与后来阿喀琉斯处置赫克托耳的方法[3]如出一辙，口中还喋喋称颂着诸神战胜并诛灭人马这一怪异种族的丰功伟绩。也不知诸神为何缘故，大抵幡然悔悟了吧，于是蒙蔽住赫拉克勒斯的双眼和头脑，好让那人马藏匿行踪。

人马日日都梦见同赫拉克勒斯激战并将其打败。梦境每每召得诸神齐聚，围坐一圈，他在中央近身肉搏，矫捷地腾挪下身，

1　指古希腊神话中的人马之战。传说人马作为当时拉庇泰人国王的手足至亲，受邀出席国王婚礼，酗酊大醉后竟妄图绑架甚至强奸新娘。最终人马被拉庇泰人打败并驱逐出境。
2　赫拉克勒斯是古希腊神话中伟大的英雄，半人半神，力大无穷。根据古希腊神话，人马涅索斯在帮助赫拉克勒斯的凡人妻子渡过冥河时，竟色胆包天欲将其掠走。于是赫拉克勒斯使用一支浸泡过九头蛇海德拉毒液的箭，射杀涅索斯。
3　根据古希腊神话，在特洛伊战争中，阿喀琉斯因恼恨赫克托耳杀死自己的挚友帕特罗克洛斯，在一剑刺死赫克托耳后，将其剥光铠甲，刺穿双脚，倒拴于战车之后，在城外旷野拖行示众，使其父母、妻子痛苦不已。

避让敌人刁钻的攻击，闪躲他蹄间呼啸的绳索，逼迫敌人正面交锋。他的脸庞，他的臂膀，他的上身，都在像人出汗那般出汗。马的躯干上则流满了汗珠。这个一模一样的梦已经做了上千年，也总有个一模一样的结局：他唤起全副身躯的每一条肢体、每一块肌肉中属于人和马的每一分气力，为涅索斯向赫拉克勒斯报了仇——四蹄稳稳踏住，如同深深嵌入大地的木桩，然后将赫拉克勒斯举至半空[1]，扼紧，再扼紧，直到听见第一根肋骨断裂，接着又是一根，最后脊椎骨也断了。死去的赫拉克勒斯像块破布一般滑落在地，诸神鼓起掌来。胜者没有得到任何奖赏。诸神从各自的金椅上站起身，四散离去，围成的圈越来越大，最后消失在地平线以外。这时，自阿佛洛狄忒[2]进入天堂的那扇门里，总会出现一颗巨大的星星，闪闪发光。

几千年来，他一直在大地上四处游荡。曾经很长一段时间里，在世界依然神秘莫测之时，他还可以行走在阳光之下。凡他过处，人们纷纷赶来簇拥在道旁，将结成的花环抛在他的马背上，或编织花冠给他戴在头顶。母亲把孩子交到他手中，让他举

---

1 举至半空并环抱扼死，这正是古希腊神话中赫拉克勒斯杀死巨人安泰俄斯的方法，因为只要安泰俄斯保持与大地的接触，便会源源不断地获得力量，不可战胜。
2 古希腊神话中代表爱情、美丽与性欲的女神，对应罗马神话中的维纳斯。

到半空，好让孩子不再恐高。世界各地都曾有过这样一种秘密仪式：在一圈象征诸神的树木中央，让不举的男人和不孕的女人从他的马腹下穿过 —— 所有人都相信这样做可以多子多福，重振雄风。某些时候，人们会给人马带来一匹母马，然后各自退回屋内。不过某一天，有个人犯了亵渎之罪，于是瞎了眼睛，因为他看见人马像马一样压着母马，随后又像人一样流泪哭泣。这些媾和从来就没有过结果。

接着，抵制人马的时代来临了。世界天翻地覆，人马遭到追捕，被迫东躲西藏。其他许多生灵也不得不一同躲藏起来：独角兽、奇美拉[1]、狼人、长山羊脚的人，还有比狐狸大但比狗小的蚂蚁。这些形形色色的生灵在荒野中共同生活了十代人的岁月。可是后来发现，就算只躲在荒野里也难以生存了，于是尽皆散去。有些灭绝了，比如独角兽；奇美拉与鼩鼱交配，就这样出现了蝙蝠；狼人混入了城市与村庄，只在特定的夜晚经受命中劫数；长山羊脚的人也消亡了；比狐狸还大的蚂蚁变得越来越小，如今已没人能将它们与其他原本就很小的蚂蚁区分开来了。最终只剩下了人马。几千年来，他踏遍了大海容许他涉足的每一寸土地。但

1　古希腊神话中的怪物，上半身是狮子，尾巴是毒蛇，躯干中间还长着一个会喷火的山羊头。

无论怎么走，只要他预感到即将走入故土的边界，总会远远绕行。春去秋来，斗转星移。最后，再没有任何一寸容他安身的土地。他开始白天睡觉，夜晚行路。行路，睡觉。睡觉，行路。他自己都不知为了什么，行路只因他有四蹄，睡觉只因他有睡意。至于进食，他不需要。他需要睡觉，因为只有这样才能做梦。他也喝水，但只因那是水。

几千年岁月至少也有几千回冒险。但几千回冒险太多，终究抵不上一回名副其实、刻骨铭心的冒险。因而所有冒险经历加起来也抵不上最近一千年里的那一回。那天，在一片贫瘠的荒原正中，他看见一人手执长枪，身披盔甲，胯下一匹瘦马，向一支风车大军冲杀上去。他看见那位骑士被扫向空中，随后另有一矮胖之人大叫着趱驴来救。他听见他们说一种自己听不懂的语言，然后看着他们走远了，瘦子遍体鳞伤，胖子哀哀哭泣，瘦马一瘸一拐，驴子事不关己。他想过要上前帮助他们，但又看了看风车，还是飞驰过去，停在了第一架风车前，决心为那个被扫落马下的人报仇。他用自己的母语大喊："即使你挥舞的胳膊比巨人布利亚瑞欧[1]的还多，我也要让你血债血偿！"所有风车都被打断了翅

1　古希腊神话里和神道作战的巨人，有一百条手臂。

翼，人马则被一直追杀到另一个国家的边境。[1]他穿越荒原，来到海边。然后掉头折返。

人马睡着了，整个身体都睡着了。方才是梦来而复去，现在是马驰骋在极久远的一天里，以至于人可以看见群山仿佛长出脚来一般列队而行，又或者可以沿山路登高，俯瞰轰鸣的大海和散落的黑色岛屿，岛屿近旁迸溅的泡沫仿佛刚刚自深海诞生，便晕晕乎乎地浮上了海面。这不是梦。无垠中飘来咸涩的气味。人贪婪地扩张鼻孔，向上伸展双臂，马则兴奋地用四蹄叩击着露出水面的大理石。人脸上盖的树叶早已枯萎滑落。太阳已上三竿，给人马罩上斑驳的日光。人这张脸，不是老人的脸。也不是年轻人的脸，因为不可能还年轻，因为度过的年数以千计。但这张脸足可媲美古代雕像：岁月侵蚀，但又不至于模糊面容，只将将显出些风霜的痕迹来。一汪小小的光斑在脸上熠熠生辉，慢慢流向嘴唇，让那里暖和起来。突然，人如雕像一般睁开眼睛。草丛中间，一条蛇蜿蜒离去。人将手抬至嘴边，感受着阳光。就在这时，马尾一摆，扫过马臀，赶走了在那处巨大伤口的薄嫩皮肤上叮着的一只马蝇。马迅速站立起来，人也一起。白天过了一半，

---

1 本段部分译法借鉴并致敬杨绛所译的《堂吉诃德》（堂吉诃德大战风车）。

另一半还要过上很久，才能等来夜晚的第一道黑影，只是再也睡不成了。大海并不是梦，依然轰鸣在人的耳畔，或许大海也不是真正发出了声音，而是眼睛把海浪的拍击变作了轰鸣，自水上而来，沿嶙峋的峡谷攀向高处，升向太阳，升向同样是水的蓝天。

快到了。他沿着这条沟渠走纯属偶然，随它通往什么地方呢，反正是人类的造物，也只会通往人类的地盘。不过，它确实朝向南方，这才是最紧要的。能往那边走多远，他就会走多远，哪怕是白天，哪怕太阳笼罩住整片平原，暴露出一切，人与马都暴露无遗。他又一次在梦中战胜了赫拉克勒斯，满天不朽神明俱为见证，可战斗一结束，宙斯便远走南方，直到这之后，才有群山列队而行，才有他登上立着几根白柱的山顶，俯瞰岛屿及其近旁的泡沫。边境快到了，宙斯去了南方。

沿着又窄又深的沟渠行走，人可以看到两旁的田野。如今田地似乎已经荒芜。黎明时分看见的村落现已不知在何处。那面巨大的山岭变得更高了，或许是因为离得更近了。马蹄深陷在逐渐抬高的松软泥土当中。那半截人的身子已经完全显露在沟渠外面，树木的间距越来越大，突然，田野变得一览无余，沟渠走到了尽头。马一下跃上了最后那道坡，人马全然暴露于光天化日之下。阳光从右手边狠狠打在伤疤上，伤处灼痛不已。人又习惯性地回头看了一眼。空气窒闷而潮湿。但这并非意味着大海已近在咫尺。这样的潮湿预示即将下雨，这突然的一阵风也是。北方，云正在聚集。

人深感踌躇。已经很多年不敢在没有夜色掩护之时大刺刺地行路了。但今天，人却感到和马一样兴奋。人马在满地杂草中前行，草丛中野花芳香馥郁。平原止于此处，地面开始连亘隆起，视野随之时而狭窄，时而开阔，因为隆起处虽已是丘陵，前方却更升起一幕山峰。灌木丛开始出现，人马安心了些。很渴，非常非常渴，但附近一点儿水的迹象也没有。人回头一看，只见半边天空布满了云。一大片灰色雨云正在行进，太阳点亮了它锐利的边缘。

这时听见有只狗叫了起来。马焦灼得直发抖。人马在两座小丘之间飞奔起来，但人并没有迷失方向：要往南走。吠声更近了，还有一阵丁零当啷的铃铛声，然后是冲着牧群的吆喝声。人马停下来辨认方向，不料原来已被回声误导，前方竟是一片低洼的平地，平地上突然出现一群山羊，羊群最前面有一条大狗。人马遂止步不前。他身上纵横的伤痕之中，就有不少是被狗咬的。牧羊人惊叫一声，疯了似的撒腿就逃。他呼号得很响亮，附近大概就有一个村落。人制住了马，然后向前走去，从灌木丛里拔了根结实的树枝把狗赶开。狗狂叫得几乎喘不上气，既愤怒又害怕。但终究还是愤怒占了上风。狗迅速绕过几块岩石，打算从侧面扑咬人马的腹部。人试图回头察看危险从何方而来，但马已经抢先一步，敏捷地以前蹄为支撑调转方向，后腿一蹬便将狗狠狠踢飞。那畜生摔到岩石上，死了。人马并不是第一次这样自卫，但人每一次都会感到无地自容。自己这副身体里还激荡着全身肌肉的震颤，那是猛然发力又乍然卸力后的余波，还能听见沉闷的马蹄声，只是人全程背对这场战斗，没有参与其中，顶多只是个旁观者。

太阳已隐没不见。空气中的温暖霎时消退，潮湿变得分明可感。人马在山丘间奔跑，一路向南。蹚过一条小溪时，他看见了耕地，正待重新找寻方向，却撞到了一堵墙。墙的一边有些房屋。这时突然一声枪响。他感到马的身体一阵痉挛，就像被一大群蜜蜂蜇了似的。有人在大声喊叫，接着又是一枪。左边有树枝咔嚓断裂，但这次没有铅弹击中他。他后退几步稳住身体，然后一下跃过了那堵墙。人马——人与马——飞身跃过，四条腿或直或弯，两只手伸举向远处依然湛蓝的天空。又是几声枪响，追捕他的人群漫山遍野，步履纷纷，叫喊声和狗吠声不绝于耳。

人马全身流满了汗水和汗沫。他只停过片刻，以寻找去路。

周遭的原野也在凝神静待，仿佛都支起了耳朵。此时，雨点开始大颗大颗地落下。但追捕仍在继续。狗追寻的气味对它们而言十分陌生，但无疑是个可怕的敌人：那是人与马的结合体，长着夺命的蹄子。人马继续奔跑，跑了很久，直至意识到叫喊声变得不大一样了，狗吠声也已尽显挫败。他回头看了看。远远可以瞧见那些人站着不动，听见他们骂骂咧咧。原本跑在前头的狗也都回到了主人身边。但没有人再往前一步。人马活了那么久，自然知道这是一处边境，一道界线。那些人牵着狗，也不敢冲他开枪：只开了一枪，可距离太远，连子弹落地都没听见。雨倾盆而下，在岩石间汇成湍急的沟涧，在这样的大雨中，在孕育他的土地上，他很安全。他继续向南走。雨水浸透了他白色的皮毛，洗净了汗沫、血水、汗水和所有积蓄的尘垢。他重回故土时已年长了许多，满身伤痕，却纤尘不染。

雨突然停了。下一刻，天空中的云荡涤一空，太阳迎头坠在润湿的大地上，灼灼地蒸腾起云雾。人马一步一步慢慢走着，就像走在难辨深浅、不甚寒冷的雪地里。他不知道海在哪里，但山就在那里。他感到很精神。他先前已用雨水解了渴，仰头朝天，张开嘴饮了好几大口，雨水急急流下脖颈，亮晶晶地淌过下身。他正从南面下山，慢慢绕过那些堆叠倚靠的巨石。人双手扶住最高处的岩石，感受指间柔软的苔藓和粗糙的地衣，或是石上纯粹的嶙峋。往下有条山谷，一眼能望到头，那样远看过去仿佛很窄，其实不然。只见山谷里排开三座村落，相互之间隔得很远，中间那座最大，再往南还有路。要是想横越山谷，必然要从村落附近经过。过得去吗？他想起自己被一路追捕，想起喊声、枪声，想起边境那一边的其他人。想起那种不可理喻的仇恨。这里是他的故土，那么住在这里的人又是谁？人马继续下山。白天还远远没有结束。马疲惫不堪，小心地落着马蹄，人觉得在冒险横越山谷前还是歇息一下为好。深思熟虑后，人马决定等到晚上再走，眼下先随便找个地方躲起来睡觉，攒足力气，离大海还有很长的路要走。

他继续下山，走得越来越慢。正当终于要在两块岩石之间歇下时，他看见一处黑漆漆的洞口，高度足以让人和马勉强走进去。他用两手扶着，轻轻踩下已被坚硬无比的岩石磨得不轻的蹄子，钻进了山洞。山洞不太深，没有延伸到山体深处的部分，但也足够人马在里面随意走动。人用小臂撑住岩壁，好让脑袋倚在上面，深深地呼吸起来，试图抗拒着像马一样急促地喘息。汗水从人脸上淌过。接着，马屈起前腿，任凭身体瘫倒在满是沙砾的地上。无论是躺下，还是像习惯的那样微扬起头，人都看不到山谷里的景象。洞口只敞向蓝天。洞穴深处不知什么地方，有水滴正以悠长而规律的间隔滴落，回声仿佛一口水窖。深邃的宁静充盈着山洞。人将手伸向身后，抚摩马的皮毛，那里由人的皮肤变化而来，或者说那仍是皮肤，只是变了模样。马鬃足得不住颤抖，抻开了所有肌肉，庞大的身体被睡意占据。人垂下手，任其滑落到干燥的沙地上。

太阳在天空中下沉，开始照亮山洞。人马没有梦见赫拉克勒斯，或者围坐一圈的诸神，也没再梦见山峦正对大海的壮丽景象，还有喷涌泡沫的岛屿，以及无边无际、隆隆作响的海面。只有一堵深色的墙，或者根本就没有颜色，暗淡无光，不可穿透。与此同时，太阳直直地照进洞穴深处，使所有晶石熠熠生辉，每一颗水珠都变作洞顶坠下的红色珍珠，只是坠落前膨胀到了不可思议的大小，这才如燃烧的火焰般划过三米的高度，沉入一口已然昏黑的小井。人马睡着了。天空的蓝色逐渐暗沉下来，锻铸出千般色彩淹没寰宇，黄昏缓缓拖拽着夜晚，好像拖着一具疲累到极点的身体，现在该轮到它入睡了。黑暗中的山洞变得巨大，水滴如同浑圆的石子落在一口钟的边缘。已是黑夜，月亮升上来了。

人醒了。人马因为没有做梦而深感苦恼。几千年来，这是他头一次没有做梦。难道在他返回出生地的那一刻，梦就抛弃了他？为什么？这是什么征兆，还是什么神谕？在那头，马还睡着，但已经很不安分。它不时蹬动后腿，仿佛是在梦中驰骋，这不是它的梦，因为它没有大脑，或只是借来的梦，它的后腿只是被肌肉中的意志所驱动。人将手放在一块突出的岩石上，借力撑起躯干，马毫不费力地跟着，如同梦游一般，动作流畅得似乎没有重量。人马就这样走入了黑夜。

宇宙中所有的月光都铺洒在山谷。如此多的光亮，不可能仅仅来自那一小弯简简单单的月亮，那如幻影般沉默的塞勒涅女神，是来自无穷无尽个夜晚里升起的所有月亮。在那些夜空中旋转闪耀着其他太阳和地球，它们不叫作太阳和地球，也没有其他任何名字。人马用人的鼻孔深深地呼吸：空气很柔和，仿佛被人的皮肤过滤了一道，透着泥土湿润的芬芳，在支撑起整个世界的、错综交缠的根茎怀抱之中，湿土正在慢慢干燥。下到山谷的路很好走，基本一路无虞，四条马腿和谐地交替迈开，两只人手前后摆动，一步又一步，没有踢开任何一块石头，也没再被任何一道尖棱划伤。就这样走到了山谷，好像这段路就是他先前睡着时没有做成的那个梦的一部分。前面有条宽阔的河。河对岸稍稍靠左的地方，正是建在朝南路上的那座最大的村落。人马无遮无拦地向前走去，身后跟着世上独一无二的影子。他轻快地小跑穿过耕地，但走的是田埂，以免踩到庄稼。农田与河流之间有零星的树木，还有牲畜的踪迹。马嗅到了气味，躁动起来，但人马继续向前方的河流走去。他谨慎地入水，伸蹄试探。水越来越深，直没过人的胸膛。在河中央，在如同另一条潺潺河流的月光下，任谁看见，都会以为是一个人在举着手臂渡河，那是人的手臂，人的肩膀，人的脑袋，是人的头发而非鬃毛。水中行走的则是一匹马。鱼儿被月光唤醒，游动在身旁，轻啄四条马腿。

　　人的上半截身子全部从水中浮出，然后马也出现了，人马登上了河岸。他从几棵树下经过，在平原的边缘停下以确认方向。他想起山那边的人是怎样追了自己一路，想起狗叫和枪声，想起那些人的叫喊声，不禁害怕起来。他宁愿此刻夜色再深一些，宁愿走在前一日那样的暴雨之中，那样狗就会被牵回去，那些人也会躲进屋里。人想，那附近的人应当都已经知道了人马的存在，因为这个消息肯定传遍了边境线北部的地区。他知道不能顶着这样明晃晃的月光径直穿过田野，于是在树影的掩映下，开始一步一步沿河而行。也许前面的地形会对他更加有利，那边的山谷越来越窄，最后被两座高峰拦腰掐断。他还在想大海，想山顶的白柱，一闭眼就能重见宙斯远走南方时留下的痕迹。

突然闻得一阵水声。他驻足细听。声音反复出现，减弱了，又再来。密实的草地上，马蹄声也只是闷闷的，糅在夜色与月光下多重窸窸窣窣的响动中，听得不甚分明。人分开树枝，朝河流看去。岸上有衣服，不知谁在洗澡。人把树枝分得更开了，于是看见一个女人。她赤条条地从河水里出来，在月光下发光。人马曾见过许多回女人，但从没在这样一条河流边，这样一轮明月下见过。从前他看过她们摇晃的乳房，一步一颤的大腿，还有身体中央的黑点。他也看过她们披散在背上的头发，手将头发甩向背后——这是个多么古老的动作。可是女人的世界唯一能与他相连的那个部分只能取悦马，兴许还能取悦人马，只是取悦不了人。而这一回，是人看见了女人走去拿衣服，接着是他在树枝间横冲直撞，踏着马步小跑到她身边，趁她惊叫时一把搂进怀里。

这样的事他也做过几回，但相对于几千年来说确实极少。这么做徒劳无益，只会吓到女人，且很可能招致疯狂——或许不是可能而是事实。可这是他的土地，她是他在这片土地上见过的第一个女人。人马沿着树林跑，人知道再往前跑一会儿就得把女人放下，懊丧如他，惊惶如她，女人整个，男人半截。这时出现一条大路，几乎是贴着树林过去，河流在前面拐了个弯。女人不再尖叫，而是啜泣、颤抖不止。就在这时，别处传来了喊叫声。

拐过弯后，人马在树木遮挡的几座低矮房屋处停了下来。人群聚集在屋前的小小空地上。人把女人紧紧拥向胸膛，只觉她乳房坚挺，在她阴户抵着的地方，人的躯干过渡为马的胸肌。一些人逃跑了，一些人扑上来，一些人回屋拿来了步枪。马用后腿站立，高高扬起前腿。女人吓坏了，又尖叫起来。不知谁朝空中开了一枪。人知道子弹没射过来是因为女人。因此，人马跑向空地，避开可能妨碍他行动的树木，一路抱着女人，绕过房屋，由外围的田野向那两座山飞奔而去。他听见了背后的喊叫声。也许是他终于想起应该骑马来追，可哪里有马跑得过人马呢，几千年来无休无止的逃亡足可证明。人回头看了看，追兵被甩远了，很远很远。于是，他托起女人的双臂，将她被月光剥了个干净的身子从头看到脚，说起了他曾经的语言，那是森林的语言，是蜜蜂的语言，是白柱的语言，是大海的轰鸣，是山中的欢笑：

"别恨我。"

然后，他慢慢将她放回地面。女人却没有逃跑。她口中说出了人能够理解的语言：

"你是人马。你真的存在。"

两只人手放上她的胸脯。四条马腿战战发抖。女人随即躺下，说道：

"上来。"

人俯视着她，她的身体呈十字敞开。人马慢慢上前。有那么一刻，马的影子确实覆了上来。仅此而已。接着，人马退到一旁，撒腿便跑，人一边大叫，一边向着天空和月亮攥紧了拳头。追兵终于赶到女人身边，她却纹丝未动。她被裹在毛毯里抬走时，抬她的男人们听见她在哭。

那天晚上，整个国家都知道了人马的存在。先前只以为是边境居民编来博人一笑的故事，现在却有了可靠的证人，其中还有个颤抖着哭泣的女人。在人马翻越又一座山的时候，人们从村庄和城镇赶来，带着网兜麻绳，也带着枪支弹药，但仅用于威吓。说是得抓活的。军队也行动起来了。等天一亮，直升机就会飞上天，搜查整片地区。人马一直拣最隐蔽的路走，但还是听见了许多声狗叫，甚至借着暗淡下来的月光，还看见了大肆搜山的人群。人马一整晚都在行路，一直向着南方。太阳升起时，他已身处山顶，从那里可以看见大海。在极远的那边，只有大海，没有岛屿，只有松针气味的微风，却没有苦涩咸味的海浪声。世界宛如一片荒漠，悬浮在后来者的只言片语中。

可这里不是荒漠。突然一声枪响。随即出现了一个巨大的包围圈，人们大张旗鼓地从岩石背后钻出来，带着难以掩饰的畏惧，携了网兜麻绳、套索棍棒，步步逼近。马仰天直立，挥动前蹄，狂躁地掉转身体，直面敌人。人却是想要后退的。人与马较着劲，一个要往后，一个要向前。结果马蹄在峭壁边缘打滑，慌得马四腿狂蹬，人双臂乱舞，以寻找支撑，可那庞然身躯还是滑了下去，坠入虚空。往下二十米处，横生出一片岩石，倾斜成恰到好处的角度，经千年酷暑严寒、日晒雨淋、风吹雪刮，打磨得锋利如刀，横切开人马的身体，切口正是人身变为马身的地方。坠落就在那里终止。人终于能躺下来，仰面望向天空。大海在人的双眼上方变得深邃，海里停驻着小朵小朵的云，是岛屿，是不死的生命。人把脑袋从一边转向另一边：又是无垠的海，无尽的天。然后他看了看自己的身体。血汩汩流淌。半截人。一个人。他看见诸神走来。是时候死去了。

报
复

Desforra

男孩从河里走来。他赤着脚，裤筒挽到了膝盖，双腿沾满泥巴。他穿着红色上衣，敞着前襟，胸口刚长出的绒毛已开始变黑。汗水浸湿了黑发，顺着细瘦的脖子滴落而下。他被一对长桨压得腰背微佝，桨上还挂了几道混着绿色河苔的淤泥。小船在浑浊的河水中摇摇晃晃，近旁，突然浮上来两只圆鼓鼓的蛙眼，像是在窥探他似的。他盯着它，它也盯着他。然后青蛙一下跳开，不见了。不多时，水面又变得平静无痕，像男孩的眼睛一样明亮。吞吐的沼泥泄出缓慢而松弛的气泡，在水中随波逐流。午后浓稠的炎热里，高大的杨树静静摇曳，突然，好像凭空啪地开出一朵花来，一只青鸟掠过河面。男孩抬起头。河对岸，一个女孩盯着他，一动也不动。男孩举起没有拿桨的手，用整个身体比画出一个无声的单词。河水缓缓流淌。

男孩头也不回地爬上斜坡。那里就是草地的尽头。在遥不可及的上空，太阳炙烤着休耕田里的土块和灰白的橄榄树林。一只蝉发出金属般坚硬的鸣响，搅动着寂静。远处的空气颤颤悠悠。

那里有一座平房，矮矮的，外墙用石灰刷成亮白色，中间漆着一道浓烈的焦黄色装饰带。一堵没窗户的墙，一扇半镂空的门。进门后，脚踩在泥土地上凉快了许多。男孩把桨靠在墙边，抬起胳膊擦去汗水。他平静下来，听着自己的心跳声，汗水又慢慢地渗了出来。就这样待了好几分钟，全然没注意到屋后的动静。突然间，那动静没来由地变成了震耳欲聋的尖叫声：一头被捆住的猪正在死命挣扎。当他终于起身时，猪叫声变得伤痛又屈辱，狠狠敲击着耳膜。那猪接着又嚎了几声，尖厉而愤怒，仿佛是穷途末路的祷告，又像是不指望得救的求救。

男孩奔向后院，却在门槛前停下脚步。两个男人和一个女人正摁着那头猪。另有一个男人拿了把血淋淋的刀，在猪的一侧阴囊上竖着划出一道口子。稻草上已然躺着一颗挤扁的鲜红卵蛋，亮晶晶的。猪浑身颤抖，被绳子捆住的嘴还在叫唤。裂开的伤口里现出乳白色的睾丸，上头血迹斑斑，男人的手指插入伤口，一撑，一拧，一拽。女人的脸紧皱着，越发苍白。他们给猪松了绑，解开猪嘴上的绳子，其中一个男人弯腰拾起两颗硕大绵软的睾丸。那头畜生翻过身来，茫然无措，只低着脑袋喘粗气。

男人随即把睾丸扔给它。它叼起来，贪婪地咀嚼两下，然后咽了下去。女人说了些什么，男人们耸了耸肩。其中一个男人大笑起来。这时，他们发现了门口的男孩，于是都住了声，好像不知道还能做些别的什么，便齐刷刷望向那头猪，它正瘫在稻草上喘气，嘴边沾满了自己的血。

男孩回到屋里。他倒了杯水喝，任由水顺着嘴角往下流，沿着脖颈流到胸毛上，此时那里已黑得更加明显。他一边喝水，一边望向外边稻草上那两块红色的血迹。随后，他拖着疲惫的身躯走出屋子，穿过橄榄林，再一次暴晒于烈日之下。尘土灼烧着脚掌，他却浑不在意，只蜷起脚趾，逃避炙热的接触。还是那只蝉在叫，只是调子低了些。接着还是那道斜坡，那片蒸腾着青草汁液气味的草地，醉人的凉爽藏于枝叶之下，淤泥钻过男孩的脚趾之间，猛然吞没脚背。

男孩纹丝不动地盯着河水。一只青蛙伏在一块浮萍上，和之前那只一样是棕色的，弧形的眼睑下两只圆鼓鼓的眼球，似乎在等待着什么。喉部的白色气囊鼓动着。紧闭的嘴巴皱出轻蔑的弧度。有好一会儿，青蛙和男孩都没有动。随后，男孩像是要躲避什么魔咒似的，艰难地移开目光，只见河对岸低垂的柳树枝条间，女孩又出现了。再一次，悄无声息地，毫无预兆地，一道蓝色掠过水面。

　　慢慢地，男孩脱掉了上衣。慢慢地，他脱掉了所有的衣物，直至一丝不挂时，他的赤裸才慢慢显现出来。女孩远远看着，仿佛是要治愈自己的失明一般。随后，她以同样缓慢的动作，脱掉了裙子和其他所有穿戴。背后树林的绿色，勾显出她的赤裸。

　　男孩又一次望向那条河。寂静沉降在它潺潺流淌、无边无际的肌肤之上。波纹一圈圈扩开，消失于重归平静的水面，那是青蛙最后跳进去的地方。于是，男孩下水游到了对岸，女孩洁白赤裸的身影已然退回树影明暗间。

从《物托邦》走近萨拉马戈
——译后记

　　若泽·萨拉马戈（José Saramago，1922—2010）曾说过这样的话："世上有两类作家：一类人不多，是那些有办法走出新路子的作家；另一类占大多数，是那些只会跟着前面的人亦步亦趋的作家。"《物托邦》（*Objecto Quase*）于1978年面世时，葡萄牙独裁政府已经倒台四年，萨拉马戈则年过半百，正开启自己小说创作的黄金时代。四年后，六十岁的萨拉马戈出版代表作《修道院纪事》，一时名声大噪，其后更是以平均两年一部力作的速度一次又一次惊艳世界，直至1998年荣获诺贝尔文学奖桂冠，成为迄今为止唯一来自葡萄牙语世界的诺贝尔文学奖得主。

　　相比于萨拉马戈那些为人津津乐道的长篇小说，这本早期写就的短篇小说集似乎鲜有人注目——该书的英译本直到2012年才姗姗面世。纵观萨拉马戈的创作历程，在《物托邦》出版之前，他更多是以报纸专栏撰稿人的身份写作，兼以"玩票"的性质进

行文学创作，直到1975年丢掉《新闻日报》的工作后，他才真正
开始全身心投入写作。对当时的萨拉马戈而言，比转换职业赛道
更困难的，也许是如何开拓虚构文学创作的新路子。他曾自嘲
道："实际上，我算不上小说家，而是一名失败的散文家。之所
以开始写小说，是因为我不知道该如何写散文。"

　　正如众多外国书评家已经指出的，任何萨拉马戈的忠实读者
都会发现，《物托邦》收录的六则主题迥异而相互勾连的短篇小
说，正是萨拉马戈写作风格的雏形与源头，是他"走出新路子"
的开始：隐喻、互文、寓言、讽刺、元语言、"萨式魔幻"、
"无名氏"等最具标志性的萨氏写作风格（只有"一逗到底"这
样的文字实验还未得见），以及让人拍案的思想实验、令人咋舌
的荒谬感、挥之不去的悲观主义情绪、强烈的社会责任感等萨
氏小说基本元素，在书中俯拾即是。对从未领略过萨拉马戈魔幻
现实主义魅力的新读者而言，《物托邦》则提供了一个绝佳的开
始，让读者能够由浅入深地领略他的感性与风格，以便日后更加
深入地理解《失明症漫记》《复明症漫记》等佳作中描述的现实
与荒诞，或者更细致地体察《洞穴》《死亡间歇》等作品中充满
萨氏批判的隐喻与寓言。

　　萨拉马戈在《失明症漫记》中写道："与人们一起生活并不

难，难的是了解他们。"若想真正了解萨拉马戈，从源头上读懂他，走进他建筑的文学世界，《物托邦》可能是最好的开始。

作为译者，我觉得有些感悟应该同大家分享，在方便读者阅读的同时，也借此机会，就本书葡译汉过程中我的一些困惑和处理方法，与读者探讨，野人献曝，请方家赐教。

书名的"变形记"

萨拉马戈曾说道："《物托邦》既不是一组连续的画面，也并非随随便便将几篇故事摆在一起。这本书是有规划的写作，并提出了明确的主题：反对异化——将马克思、恩格斯的名言用作本书引言绝非偶然。""异化"作为马克思历史辩证唯物主义中基本的概念之一，其最广为人知的文学载体无疑是卡夫卡式的变形。在《变形记》一书开头，主人公萨姆沙从梦中醒来，发现自己变成了一只甲虫。而在《物托邦》的世界里，黎明瞪着一只死白的眼睛闯进卧房（《禁运》），腐朽的椅子连带老迈的独裁者一同倒下（《椅子》），汽车绑架着主人呼啸驶过一个个燃油售罄的加油站（《禁运》），包围着死人墓地的活人城市渐次被新的墓地包围（《倒退》），发烧的沙发接受注射治疗，打卷的纸币缠住手指（《东西》），人马抗拒自己下半截马身的动物本能（《人马》），公猪的阉割唤醒男孩的性欲（《报复》）……明里描写非物如何拟人，实则揭示人如何变成非人。混沌怪诞中，只有死亡这一共同的归宿才能让非物与非人分离，于是老人终于跌下了椅子，人马终于摔成了两截，男人的尸体终于滑出了燃油耗尽的汽车。

书中物与人纠葛不清，让书名的翻译成了老大难。大翻译家严复说："一名之立，旬月踟蹰。"本书的书名翻译岂止让译者"踟蹰"，简直是一个"不断变形"的过程。葡萄牙语书名 *Objecto Quase* 的直译为"几乎是物体"，显然不适合直接用作书名。因此，我曾向多位知名译者请益，并与编辑老师和出版社专家反复讨论，因而中译本书名一共经历了从"准物体"到"变物记"再到"物托邦"的三次"变形"，可以说每一次"变形"都象征了译者与师友对萨拉马戈书中深意理解程度的进化。当然，最终确定的中文书名是多方因素综合考虑的结果，尽管审美偏好各有不同，但大家都有共识：本书的主线是"物化"的过程，关注的焦点在"物化"这个动词所缺席的主体——"人"上。

神话的重写

熟悉萨拉马戈作品的读者应当清楚，他笔下不乏对代表掌权者、胜利者意识形态的神话传说（mito）的讥讽与重写。正如他在1986年接受加泰罗尼亚《先锋报》采访时所说，他的写作承担了"（利用）虚构来纠正历史"的任务，更何况"历史只讲述了所发生的故事中的一点儿"，因此，他有责任去讲述那些没能被讲述的故事。看过《修道院纪事》《里卡尔多·雷耶斯离世那年》等作品的读者想必对这一点深有所感。

同样，在《物托邦》中，萨拉马戈对主妇夏娃与杀人犯该隐抱以同情：亚当偷食，肋骨化生、作为附属的夏娃却背了黑锅；上帝偏私，勤恳劳作的该隐却因一时义愤，徒留千古骂名——作家在离世前半年出版《该隐》一书，最初的灵感想必应当追溯至本书。

更有惨遭灭族之祸的人马：明明是拉庇泰人与赫拉克勒斯在诸神纵容之下，对人马一族赶尽杀绝，古希腊神话中却将人马污名为色欲熏心、背叛至亲、暴虐成性的异族，赫拉克勒斯则摇身变为伸张正义的伟大英雄。如萨拉马戈所写，灾难"会剥夺受害者的声音"，而致使灾难无人书写的始作俑者，是缺席于家长里短的亚当，是消失于地平线外的诸神，还是隐身于人间是非的上帝？向权力话语的叩问，在萨拉马戈对神话的重写中反复出现，相信一定会引发读者的思考。

文字游戏

在萨拉马戈的笔下，文字不仅承载着意义，更充满了游戏的挑战与解谜的惊喜。通过对单词的巧妙拆解和创造性重组，对葡萄牙语语法规则的自如拿捏，对语言本身的解构和重构，以及对各种科学、历史、掌故与趣闻的信手拈来，萨拉马戈为读者设置了一个又一个的文字谜题，建造了一座又一座的文字迷宫，邀请读者在字里行间感受文字游戏的奥妙，探索那些藏在普通和不普通字眼下的神秘世界。萨拉马戈的文字游戏对读者自然是莫大的乐趣，对译者则是痛并快乐着的挑战。试举几例如下。

萨式幽默在说文解字中展现得可谓淋漓尽致，例如葡萄牙语的"倒塌"（desabar）可拆解为"去掉（des-）檐边（aba）"，"椅子"（cadeira）一词形似拉丁语中的"倒下"（cadere），"粪便学"与"末世论"竟是同一个单词（escatologia）。此外，萨翁尤擅旁征博引，包括但不限于名著典故、宗教典籍、神话故事、民间传说、俗谚俚语、葡萄牙国歌、戏剧电影，甚至还有物理学与生物学知识，五花八门，不一而足。我在添加必要脚注的同时，尽力在译文相应部分做出增改，以求既能让读者在通读正文时顺顺畅畅、不打磕巴，又能在页尾寻找到解谜所需的线索。尤其是《椅子》一文最后的脚注，我期待读者朋友们在钻出这似乎无穷无尽的叙事甬道之后读到它时，能够收获拨开云雾、重建秩序的欣喜之感："哦！原来这不只是有关一把破烂椅子是如何坏掉的0.001倍速纪录片啊！"

《东西》中首字母缩写的滥用十分引人注目，也是本篇中的市民被符号驯化的最显著表现。令我翻译时尤为头疼的是"物品、器具、机械、设施"的缩写——不同于文中的其他缩写，这一处缩写在原文中是可读的（oumi），且在后文中成为反抗者的代称，所以不能同样简单处理成拼音首字母缩写。于是我将四个词颠来倒去，借鉴各种网络流行缩略语的造词逻辑，尝试过连缀首字、替换同音字或谐音字、拆解偏旁部首、重组拼音等方法，最终选择了"微厄"这一译法。最后在译文中呈现出来的处理方式，我只能汗颜评价为勉强可行，期待将来自己或者另有高人能想出更加巧妙传神的译法。

《人马》原文对主语的模糊处理，是表现人马在"人"与

"马"这两个意识半体之间挣扎摇摆的重要手段。此处萨拉马戈再一次完美利用了葡萄牙语语法的两点特性：一是句子可以不写出主语，只用动词变位以示区分；二是人称代词只分阴阳性和单复数，不分人或物，因此"ele"既可译成"他"，也可译成"它"。译文中但凡写明"人""马"或"人马"的地方，都是原文中写明了的。其余时候首选的方法同样是能省则省，通过调整语序尽量隐去动作的主体。如在必须使用代词时，更具人性的地方用"他"，更显兽性的地方用"它"——使用这两个代词想要表现的是人马向内审视的视角。而人马这个与人类社会格格不入的异类，到底是更"人"一些还是更"马"一些，或许在人类看来无关紧要。

再有，萨式幽默的另一大标志无疑是大量元语言的使用，即作者／叙事者的"画外音讽刺"，这一点在《椅子》和《倒退》两篇中尤为明显：讽刺历史，讽刺权威，讽刺成见，讽刺读者，讽刺自己。在大部分情况下，译文使用括号或破折号将这类元语言与句子主干隔开，以方便读者厘清主次、理解逻辑，同时又保留了体现萨拉马戈写作特色的大长句形式。

当虚构照进现实

回想起来，翻译此书时的心境或许再难复制。那半年正是我所在的小区和学校封控最严的时候；好不容易解封后，又不得不在术后病床上修改译稿。身受而感同，译书时的心境难得恰好与书中故事隐隐契合，因而翻译于我既是发泄，也是慰藉。萨拉马戈的《失明症漫记》在新冠肺炎疫情时引起热议，可能也是某些虚构照进了现实。《物托邦》中最能让人联想到《失明症漫记》的是《东西》一篇，文中职员的梦境正是我那段时间的内心写照："他梦见自己全身赤裸，被困在极其狭窄的电梯里，电梯沿着楼体上升，冲破屋顶，如火箭般直直地穿透外层大气，然后突然消失，只剩他自己悬在太空中，好像过了短暂的零点一秒，又像是漫长的一小时，抑或是无尽的永恒。"

在全书六篇故事中，《人马》是我最偏爱的一篇。飘零半生的人马重回故土，却发现自己不再做梦；这位离魂异客被鸠占鹊巢的人类驱赶，失足坠崖，被锋利的石刃一切两半，却也因此如愿摆脱了笨重的马身，平躺仰望那巨钟一般亘古不变的天空，看见宇宙中的太阳、月亮与地球。好像就是歌里唱的那样："天上有日月和星辰，地上没有异乡人。"空荡荡的乡愁，白茫茫的梦境，沉甸甸的岁月，湿漉漉的悲伤，我说不出这个故事到底哪一点让我深受触动，只觉得这像是一个我曾做过的最瑰丽的梦。

最后必须向各位读者坦然告知的是，尽管此前有过文学作品与非文学著作的翻译经历，但本书是我翻译的第一部文学译著，我十分珍惜这次机会，也为此付出了十分的努力。在此，我要特别感谢澳门大学姚风教授的大力推荐与无私帮助，更要感谢读客文化与编辑靖雯老师对年轻译者的信任！我接手半年后交出了译稿，自觉尚可；再半年后回看校订时，却觉得有许多地方还欠功夫、少思量，于是在一通点烦修正过后，又花花绿绿地交了一遍终稿。我深知眼前的译文肯定有很大的提升空间，但我自信已经做到了那个阶段的我所能达到的最高水平。

希望读者在阅读《物托邦》的过程中，既有感悟，也有快乐。

游雨频

2024年3月于四川外国语大学文轩楼